文春文庫

精選女性随筆集　宇野千代　大庭みな子

小池真理子選

文藝春秋

目次

宇野千代　Ⅲ　小説を書くということ

宇野千代　Ⅳ　私の人生論

大庭みな子Ⅰ　結婚は解放だった

大庭みな子Ⅱ　生命（いのち）を育てる

大庭みな子 Ⅲ 文学・芸術・創作

大庭みな子 Ⅳ 作家の肖像

大庭みな子Ｖ　少女時代の回想

精選女性随筆集

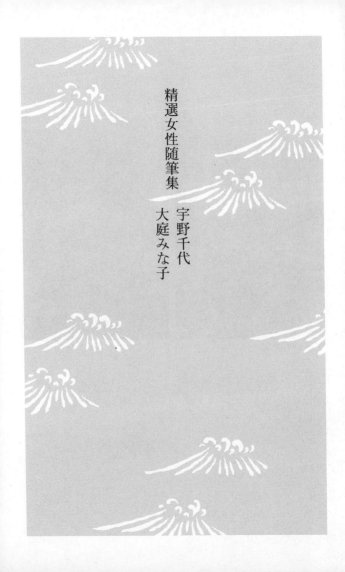

宇野千代
大庭みな子

昭和46（1971）年頃

提供・（株）宇野千代

大庭みな子

（1930-2007）

宇野千代

（1897-1996）

女であること

小池真理子

宇野千代の書いたものに接するたびに、「ああ、女だなあ」と思う。まるごと女……どこを探しても、女以外の生きものは見えてこない。「女」という名の方舟（はこぶね）に身を委ね、行く先を定めることもなく、風の吹くままに、人生の波間を漂い続けた人のようにも見える。どんな困難に遭遇しても、さしてきりきり舞いすることなく、いつのまにか乗り越えてしまう。その明るさは天性のものだったろう。名声、富、名誉、といったものに対しても恬淡（てんたん）としており、なにごとにおいても好奇心旺盛なわりには、それぞれの分野で功成り名を遂げたい、とする欲望は希薄だったようにも感じる。

宇野千代は男たちを愛し、男たちから幾多の栄養分を与えられ、ふったりふられたりもしていたが、何があろうと千代の中には終生、たおやかで温かな風が、そっと吹き続けていたような気がする。その風こそが、彼女が直面した人生の悲劇や慟哭（どうこく）の涙をもさらっていってくれたのではないだろうか。

宇野千代の実母は、千代が幼少のころに病死し、千代は年若い継母（ままはは）によって育てられた。継母は千代を長女として大切に扱い、深い愛情をもって接したが、そこにはまた、継母であるがゆえの遠慮もあったと思われる。幼かった千代は継母に合わせるかのように、感情を抑制することを覚えていく。

自己抑制することを早いうちから学び、習慣化してしまったため、自分は生涯、「可愛い女」「可愛い奥さん」とは無縁であったということも千代は書いている。可愛いどころか、「私の生活は動物的、即物的だった」と自己分析する千代は、やりたいことをやりたいようにやってきた自由な女でもあった。

他人からその生き方を非難され、何故、と問われても、「さあ、何故でしょう」とおっとり小首をかしげ、それでも問いつめられれば、「女だからでしょうか」と答えるような人生。それが宇野千代の人生、宇野千代の生き方だったようにも思える。

宇野千代は、「女」の習性のすべてを無条件で愛していた。身辺で矢継ぎ早に起こるごたごたに悲鳴をあげながらも、常に自分が「女」として生まれたことを肯定し、そこに幸福の芽を見つけ、「女」であることを謳歌できる人でもあった。

最初の結婚相手はごくふつうの会社員だったが、その後は尾崎士郎、東郷青児、北原武夫……と錚々たる名士たちと結ばれ、その合間にも数知れぬ浮名を流した。男に愛され、男に尽くすことに千代が注いだ情熱には並々ならぬものがある。書くことと、男を愛し、愛されることのどちらに比重をおいていたのかといえば、後者のほうだったのではないか、とすら私は思う。

その一方で、まさに天衣無縫、天真爛漫、自分を決して否定しない無邪気な自信家、自己愛が強い側面もあった。自画自賛めいた物言いをしている部分もあるが、それが嫌味にならないのは、宇野千代がもっていた本質的な愛らしさのせいだろう。

そんな千代が書いた随筆の中で、私がもっとも好きなのは、北原武夫から離婚を切り出され、一人、涙を流す場面を描いた文章である。男に去っていかれても泣かない、みじめな自分を見せない、はずだった宇野千代は、若さが消えてから北原を失うことの深い悲しみを短い一文の中に収斂させた。ある意味では、宇野千代が読者に弱みを見せた、珍しい瞬間だった。しかし、そこにも私は温かな風……決して凍りついてしまうことのない、生命の息吹を感じる。

千代の中にそっと吹き続けていた温かな風、というのは、ふだん気づかないだけで、私たちすべての女の中にも、あるいはひそやかに吹いているものなのかもしれない。

理知とポエジー。私はどうも、その両方が同居している文章に強く惹かれるものらしい。昔から大庭みな子の書くものに、あまねく惹かれてきたのはそのせいだ。

＊

すぐれて論理的なのだが、それが決して空疎なアカデミズムや抽象的な観念論に陥っていない。地に足がついている。おまけに美しい詩情が漂っている。うっとりさせられるほどの逸脱がある。それはおそらく、大庭みな子という作家が、生きていくことの悲しみと人生の深淵、人間の弱さ強さを知り尽くしているからこそ、表現することのできた何かなのだろうと思う。

『むかし女がいた』という大庭みな子の短編集の中に、次のような詩がある。

「人は一度生まれたら／決して死ぬことはない／誰かが あなたを憶えている／憶えているあなたを／またべつの誰かが 憶えている（中略）この世の全てのありようは／むかし生まれて逝った人たちの織る／模様 かたときも休まず／少しずつ 変る だが変らない／不思議な 模様」

私には、この詩が大庭みな子の世界観、人生観の全容を見事に表しているように思える。ものごとは、人は、生命は、永久に連なっていく、と大庭みな子は繰り返し、形を変えて表現し続けてきた。

大庭の文章を読んでいると、私の中には決まって、或るイメージが浮かんでくる。長い臍の緒をつけたままの無数の胎児たち。彼らが幾百万、幾千万も無限に連なりながら、音のない宇宙を浮遊している……そんなイメージである。

「文学は、生活の中にしか埋まっていない」（「創作」）と書く大庭は、世界を明晰に分析し、観察、批判するかたわら、自身の生活上の、悲喜こもごもの体験の中から生み出される何かをこよなく愛した。

男が好きで、自身は男に甘い、と打ち明け、異性を決して憎むことはできない、それどころかそれはなくてはならぬ、いとおしいものである、とも明言している。大庭が作家として脂が乗り始めた時期、世界中にフェミニズムの思想が蔓延していたが、大庭はそこに違和感をおぼえていたようで、この世には男と女が必要なのだということを、決して声高になることなく、静かに主張し続けた。大庭のそうした男性観、女性観は終生、変わることがなかった。

私がとても興味深く思うのは、大庭自身は実に幸福な、申し分のない結婚生活を送り、子供を育てあげていた、という点である。そこに何の不足も不満もなかっただろうに、随筆に書かれる結婚や男女をテーマにした文章は際立って客観的で、刺激的、ともすれば煽情的でさえあり、ひとつのブレもない。本書に収録した「幸福な夫婦」という随筆がその筆頭だが、ともすれば常識的になりがちな結婚観をかくも惚れ惚れするほど自由な語り口で鋭く語った女性作家を私は他に知らない。しかも、それは、人々の間に旧態依然とした結婚意識が根強かった時代に書かれたものなのだ。

天真爛漫、というのではない、或る深い認識のあとにやってくる凪いだ感性……たおやかで、決して尖っていない大庭の人間性は、そっくりそのまま作品の中に生かされ、小説も随筆もひっくるめて、大庭みな子の宇宙を構成している。

六十代の若さで脳梗塞に倒れ、何年もの間、不自由な生活を強いられながらも、夫の献身によって支えられた。自身も最後まで、その夫の存在の大きさを讃え続けた。夫の口述筆記によって書かれた最後のエッセイ集『楽しみの日々』は私の偏愛する一冊であるが、日記形式になっているため、本選集からは外さざるを得なかったのが、心残りでならない。

病の床にあって、大庭みな子はますます純化されていった。そして最後の最後、長い臍の緒を連ねて宇宙を浮遊する胎児に戻った彼女が、今も膨大な記憶の海の中を、柔和な微笑を湛えながら漂っているイメージが私の中にはある。元気でおられた時に、一度でいい、お会いして話がしたかったと強く思う作家である。

宇野千代 I 生い立ち

模倣の天才

私は明治三十年の十一月二十八日に山口県の岩国在で生れた。今年三十八である。子供の頃はそのころの町の風潮をそのままうけて、女であるけれども戦争に行きたいと思い、ナイチンゲールのような優しい看護婦かジャンヌ・ダルクのような勇敢な女士官になりたいと思った。学校の唱歌はみんな軍歌であった。「道は六百八十里、長門の浦を船出して」とか「雪の進軍氷を踏んで」とかいう歌はいまでも唄うことが出来るくらいによく覚えている。小さい小さい豆本にそんな軍歌がぎっしり印刷してあってそれが一冊五銭、それからいまの改造文庫くらいのうすい唄本が続いて何冊となく出たものである。中でも「赤い夕陽にてらされて」とか「時計ばかりがこちこちと」とかいう、口語で綴られた歌の中の文句はそのまま子供の胸にひびいて、遠い戦地の野面（のづら）を吹く風の音まで聞えるように思われた。いま思うとあの口語体の軍歌が私の一番はじめの文学書なのであった。

雑誌とか新聞とかはやかましやの父親が読むことを禁じていた。私は厠（かわや）へ行く振りをしてそっとその日の新聞を持込んで、厠の下を吹く風に腹の冷えるのも忘れて読み耽った。新聞には「己が罪」とか、「嫁ケ淵」とかいう新小説がのっていて、何のことかよく分らなかったけれども見も知らぬ神秘な大人の世界のことが書いてあって子供の心を危険な腫物のように膨れ上らせて了う。私は幾度厠で父親に見つかってお尻をなぐられたか分らぬ。ああ、どんなに小説というものは面白いことが書いてあるか。父親にとめられればとめられるほど私は隠れて読むことを考えた。裏の蔵の中に、十年も前からの新聞が積重ねてあったり、「都の花」とかいう古い雑誌がしまってあったりするのを発見して、うす暗い窓の下で日の暮れるまで読み耽ったのを思い出すが、同じ蔵の中にはまた若い頃は放蕩無頼の徒であったという父親の女からよこしたものらしい手紙なども、あの忠臣蔵のお軽の文のように天地を紅色に染めた長い巻紙に書いたものが幾通となく紛れ込んでいた。父親はたぶん若い頃の自分のことを考えてその子供が同じような困り者の娘になることを惧れていたのであろうが、もしそうであったならば父親の教育法は間違っていたのである。私は無暗に父親のさせぬことをしたがるようになったから。

　この父親が私の十六のときに死んだ。近所の人は母親や私に向って悔みを述べたあとで、「じゃが、これからはほんにお気楽になれやすですよ。のう」と言ってやかましやの父親の死んだことをひそかに喜んでくれたくらいで、いま思うとあの父親は日本の小説の中に出て来る人物ではなくてバルザックとかドストエフスキーとかの好んで描きそうな型の男であった。父親が死んだ。私は涙を滝のように流したがやはり何となく嬉しかった。私はもうどんなことでも出来る。ただ一つ私は町の女学校の生徒でこの女学校もまた新聞と雑誌とを禁じていたけれどもそんなことは何でもない。私はいろいろのものを読んだ。「第三帝国」「青鞜」。ああ、「原始女性は太陽であった」私たち女学生は自分のことを「太陽であるかも知れぬ」と思い乍ら型通りの回覧雑誌をつくって、何か非常に抽象的な詩や論文のようなものを書いた。間もなくこの回覧雑誌は教師の眼にとまって或る日の午後、私たち同人は寒い校長室へ呼ばれた。「私は諸姉の書いたものが諸姉の本心から出たものではないことを信じている」校長は愁わしげに重々しい口調でそう言った。窓から風が吹き込んで、校長の机の上においてある哀れな回覧雑誌の頁は幾度もはたはたと翻ってはまた閉じた。そして誰かの啜り泣く声がしたと思うとみんなそれに合せて泣き始めた。私たちは何が悲しいのか分らぬけれども、この悲しみは何か非常に高い世界のものであるように思われた。私たちは高いものとか深いものとか遠いものとかいう言葉が好きである。この校長もまた私の死んだ父親と同じように生徒の教育法を誤っていたのである。私たちはやがて今度は学校のそとにある新しい、「活版」で刷った同人雑誌の仲間に加わるようになり、まだ一度も聴いたことのない東京言葉の会話をもって恋の場面を描いた「小説」を書いている友だちとも知るようになった。そしてときどき同人は町の写真屋へ集まって、男は麦稈帽子かステッキを女は造花の菊の花か蝙蝠傘を片手にして或るポーズをつくり、記念撮影をしたのである。

女学校を出るとすぐに私は町から一里くらいの農村の小学校の先生になった。月給は八円で年末賞与は五十銭であった。先生。私は筒袖の袖口を日本武尊（やまとたけるのみこと）の着物のように太い飾り紐でしぼったのを着て青い袴（はかま）を胸高に穿（は）き白粉（おしろい）をつけて出て行った。私は家から離れて学校の近くの川の傍に百姓家の離れを借りて自分ひとりの「独立」した生活を始めた。私は自分の儲けた金で米を買い石鹼を買った。そして毎日その支出を手帖に記して行くと月末には締めて三円五十何銭かの支出になり四円若干（じゃっかん）かの金が残るのであった。三円五十銭ですむ生活。朝は早く起きて黒豆をぱちぱちと焙烙（ほうろく）で煎（い）りその煎り立ての豆にじゅっと醬油をかけて煮豆をつくるのである。私は昼も夜もその煮豆で飯を喰べた。そして学校では極めて厳格な先生であった。広い運動場で私は体操の号令をかけた。海から吹いて来る潮風がポプラの高い梢を吹き子供たちの汚れた前垂（まえだれ）と私の長い袴とを翻した。木柵のところには生徒のおじいさんがもたれかかって孫の帰るのを待っているのである。授業のあとで私は少しオルガンを弾いた。そして感情をこめた低い声で歌を唱った。私は恋をしていた。ああ、青春の愉しさ。生活の愉しさ。私はもう自分のことを「太陽であるかも知れぬ」と思うことの替りに、一匹の蝶々のように思うのであった。私は「詩」も「論文」もまるで書かなくなった。私は忙しくてとてもそんなものを書いている暇がないのである。「詩」や「論文」に書くことを私は自分でじかにしているのであって、あの「活版」刷りの同人雑誌の中に誰かの書いていた小説のような恋もしているではないか。どうして自分で小説なぞ書く必要があるものか。

私はこの十八の春から処女作の発表された二十六の春になるまでまるで一行もものを書こうとはしなかった。私は毎日働きそして恋をして、それで日が暮れて了うのである。始めの間はあんなに愉しかった生活と恋とはだんだん苦しいものになった。私は或るとき内海通いの小さい汽船に乗って田舎を出たのである。ぽお、ぽお、と汽笛が鳴った。朝靄の間からまだ電車の通わないレールと松の生えている山と岸に立っている母親の姿とが見え、やがて見えなくなった。私は小さい風呂敷包みと蝙蝠傘を持って東京へ出た。私は何をしよう。何よりも私は働かなければならなかった。私はまだ若いのだからもっとあとで何でもしたいと思うことをすることが出来るだろう。私は毎日街を歩いた。仕事はたくさんある。しかし私はその日からパンにありつかなければならない。ホテル。料理屋。西洋料理店。ただ体だけしか持っていない若い女は一度はそんな店の軒の下を通る。私はホテルの給仕女になった。それから西洋料理店の給仕女にもなった。雑誌社の女事務員、家庭教師、生花講義録の編輯助手にもなった。アメリカの活動写真の筋書のようだと、ここできまって金のある様子の好い恋人が現われて来て私を素晴しい海水浴場か山の温泉へつれて行く筈なのであるが、私の恋人はいつでも背の低い貧乏なほんの詰らぬ男であった。私はいつでも働いた。その中に私の恋人はやっと学校を卒業してその赴任地である札幌から私を呼んでくれた。私は急いで働くのをやめて汽車に乗った。雪が降っていた。私は窓のかっとん（かあてんのこと）を下してコークスのストーヴを焚きながら良人の靴下を編んだ。

私は好いおくさんになった。保険会社の出納係である私の良人は会社の帰りに倶楽部へ球を撞きに寄った。りんりん、りんりんと馬橇の鈴の音がきこえる。おくさんになるということは何というよいことであろう。私はもう何も心配なことはなくなった。いまこそ私は偉い女になるための勉強を始めることが出来る。私は炬燵の上に板をおいてその上に紙とペンをおいて、そして良人の書棚からぬいて来たべーベルの婦人論を熱心に「訳」し始めた。私は平塚らいてう氏か山川菊栄氏かのようになれるかも知れない。良人は夜おそく帰って来た。「スコペンヒューア曰くって、これは何だい？」「人の名前じゃあないの」と私は答えた。スコペンヒューアというのはショペンハウエルのことなのであった。良人はながい間はははははと声をあげて笑っていた。私はペンをおいて溜息をした。何というながい冬であろう。私はまたかっとんを下して靴下を編み始めた。すると私の頭にあの私の勤めていた西洋料理店へ毎日昼食をとりに来ていた一人の客の顔が浮んだ。店の女たちはその客のことを、「金太郎さん」と呼んでいた。「金太郎さん」である滝田樗陰氏はその頃店の前の銀行の三階にあった中央公論社から、午報の鳴るのと同時に店にやって来て十五分間で五皿の料理を食べて了い、がっと一息にビールをのみ乾して銀盆の上へ五十銭玉を投げ出すとさっさと出て行って了う。私はその五十銭玉でどれだけ自分のほしいものを買ったことだろう。そうだ。もう一ぺんあの五十銭玉をあのひとが呉れるかどうかやって見よう。私は毎日毎日書いた。それが小説というものかどうか分らぬが、私は書けるところだけを書き、書けぬところはどんどん飛ばした。私はいくらでも書ける。百枚ほど書いて私はそれに「墓を発く」という重々しい題をつけた。それは一読して作者自身かと思われる正義の念に燃えた一人の若い女教師が、不具の子供を中心に義務教育における一斉教授の不合理を絶叫している一篇の勇ましい傾向小説であった。私はそれを送り出した後までも興奮していた。私は中条百合子女史のようになれるかも知れない。ように、ように。私はいつでもまるで女の子が人の鞠をほしがるときのように、「ように」と思う。私はながい間待った。ながい冬が明けて雪どけの地面の上に菫の花が咲いた。私は行って見よう。「金太郎さん」はあの私の大切な小説をどこかの棚の上へおき忘れて了ったのかも知れない。私はうすいショールを首にまいて汽車にのった。汽笛が鳴った。プラットホームの柱の蔭に立って私を見送っていた良人の姿は見る見る中に煙の中に包まれて、やがて見えなくなった。私は泣いた。あの優しい良人を残して私は行かなければならぬのであったから。

東京へ着くと私はすぐに中央公論社を訪ねた。滝田氏は私の姿を見ると、「出ていますよ」と言ってぽいんと机の上へ印刷したばかりの雑誌を投げてよこした。ちょっとの間私は何のことか分らなかった。私の小説が「中央公論」の五月号に出ているというのであった。その雑誌は二、三日うちに売り出される。私の胸は激しく動悸がして来て何か不確かな危の念のようなものが腹へ落ちるのである。私の小説が出ているのだ。私は滝田氏に礼を言うのも忘れて階段を駈け下りた。誰にこれを話そうか。そとへ出ると私は往還の向いにあるあの昔の西洋料理店をちらと横眼で見て、それから一散に駈け出した。広い東京である。私の懐には生れて始めての原稿料である三百幾円かの大金が這入っているというのに、誰も私を知らないのだ。何という素晴しいことであろう。私の頭の中にはあの小説の始めの一行から終りの一行までが全部まるで一枚の板に書いた文字のようになって一どきに浮んで来る。とうとう私は「偉い女」になったのだ。とうとうあのひとから大きな五十銭玉をまた貰ったのだ。恐らく滝田氏は私が、あの給仕女であった私が小説を書いたというとに興味を感じて、あれを読んでくれたのであろう。給仕女が小説を書く。それはどこかの育ちの好いお嬢さんの書いたものより確かに六割方とくであるに違いない。(同じ意味で私はいま自分が男でなくて女であることをさえ幸運だと思っている。)

だがこの幸運だということはほんとうの幸運とは何の縁もないものである。私は一躍して女流作家になったけれども、さて何を書いて好いか分らなかった。何の「ように」書いたら好いのかさえも分らなかった。やっとのことで私は八年ほど前に読んだことのある「樗牛全集」と「自然と人生」とを思い出した。あの昔の着物でか？ 何よりも私は何の「ように」書くかということをさきに決めなければならぬ。可哀そうな私は大急ぎで、そして死物狂いで目に触れる限りの内外作品の小説を読み出した。私はあの成上り者のお内儀さんのように大急ぎで着物の着こなしを覚えなければならぬ。そして誰にもそのことを気附かれてはならぬのだ。やがて私は幾篇かの小説を書いた。その一つはストリンドベルヒのものに似ていた。ほかの一つは里見弴（とん）のものに似ていたし、また一つはチェホフのものに似ていた。私の才能はまるで虹のように色とりどりであるかのように見え、そして私は生れたときからの小説家であるようにさえ見えた。女にとってはいつまでも気にかかるのは着物のことである。私はおしまいに自分でもその着物を自分のもののように思い込み、ただ気の向いたときに今日はあれを明日はこれをと着替えることが出来るのだと思っていた。私はだんだん「偉く」なった。私はジョルジュ・サンドのように、田村俊子のようになろう。私はそう思った。そして自分でも気のつかぬ間にあの菫の花の咲いている北海道の家へ帰ることを忘れていたのである。どうしてあの夜のプラットホームで泣いた女が自分であるということを信じることが出来よう。女の記憶力は、いつでも自分の都合の好いようにつくり替えることが出来る。

私は間もなく大森の山の手の方に小さな家を建てて尾崎士郎氏と一緒に住むようになった。私は仕合せであった。私は朝も晩も小説を書いた。犬が病気になってもそれは小説である。隣りの家に新しい住人が越して来てもそれは小説である。私の生活は窓のそとを吹く微風のそよぎまで聞えるくらいに静かであった。何というこまことした丹念さで私はそれを写したか分らない。私は一行書いては良人を振返った。「ねえ、あなただったら、ここんとこはどう書いて？」私はもうずっと前からお師匠さんをただ一人に極めていたのであった。私はそのお師匠さんの眼鏡を借りてものを観るのである。お師匠さんの眼鏡はとてもよく見える。そして私自身であるよりも良人の嗜好に近いときにほっと安堵する。私は良人の読む本を読み良人の書くペンをつかう。私の作品は私の生活とごっちゃになり、そこでまで私はただの女房でしかなくなった。私の作品は肩をいからせ、闇黒の中の鬼のように瞑想する。文学の世界ででも女房でしかないとは何という可笑しげなことであろう。せめてときどきはただの眼鏡の替りに望遠鏡も借りて見ればよかったのに。

いつまで私はこの「見よう見真似」を続ける気かと思うと心細くなる。どんなに得意になっているときでもそれを思うとぺしゃんこになる。私のストリンドベルヒさん。私のチエホフさん。私のシュニッツレルさん。私のモルナアルさん。私はもう十二年も小説を書き、もう三十八にもなっているというのに、まだ自分が何であるのか分らない。そしていまは画かきの東郷青児のおくさんである私は、いつの間にかあの五、六年前に好んで身につけていた北欧風の暗鬱な色をした着物をぬいで、ちょうど蟬が殼をぬぐように自然にフランス風な軽い着物に着替えているのである。いつそうなったのか自分にも分らない。そしてときどき虫ぼしをでもするようにあの昔着ていた自分の着物を拡げて見るのであるが、まあどんな風にしてこれを着ていたものであろうと不思議に思うくらいである。私はマダム・ノワイユのようになろう。私はそう思っているのである。そして私の小説には豪奢なホテルとダンスパアティと競馬場と浮気なおくさんと洒落れた紳士とが出て来る。「ねえ、このおくさんのお迎えに行く自動車は何にしたら好いと思って?」私はこんなことを訊くのである。私の作品はお洒落なお嬢さんの香水のようである。

その中に私もまたもっと年をとって、あの「好いおくさん」の本能を捨てて了い、捨てて了っても淋しくないようになって、「自分の小説」が書けるようになるであろうか。女であっても好いから「私自身」であるような女になりたいのだけれども。

よよと泣かない

私には二人の母がある。生母は私がやっと歩けるようになった頃、いま流に数えれば二十三歳のときに、肺結核で亡くなった。あとで人に話を聞くと、私はこの母の寝ている蒲団のぐるりを、赤い提灯を持って、よちよちと歩いていたと言う。「この子のことを思うと、死んでも死にきれない。」そう母が言ったと言う。ちょっと、テレビのメロドラマのような場面であるが、この、人からあとで聞いた話のほかには、生母に対する思い出は何にもない。よく人に聞くことであるが、生母と言うものは堪らなく恋しい、と言う。しかし、私には、そう言う感情が全くない。母は、私の頭脳の中に、生母と言う全くの抽象体として、存在しているだけである。それがあるとき、それもつい最近のことであるが、あの母が、この私と言う人間を生んでくれた、紛れもない母体であると言うことに考えついて、一種不可思議な、何事かに感謝したいような気持になったものである。まことに、勝手千万な、ものの考え方であるが。

私の第二の母は、生母が死んで一年ほど経ってから、私の家へ来た。もう、ものが言えるようになっていた私は、この母のことを「おかか、おかか、」と呼んで、一日中、あとを追い廻していたと言う。おかかと言うのは、私の生れた地方の方言で、お母さん、と言うことである。このとき、父は四十五歳、母は十七歳であった。いま流に数えれば、母の齢は十五歳である。この父と母との間がしっくり行っていたかどうかは分らない。しかし、この四十五歳の男の眼に映る十七歳の娘が、可愛く見えた替りに、多少は馬鹿げて見えたであろうことは、推察出来るのである。或るとき、母は祖母のもとに逃げ出し、良人である私の父が、無理なことばかりを言う。その要求には堪えることが出来ない。そう訴えたと言うことであった。稚い私には、このときの母の訴えが妥当であったかどうか分らない。しかし、長じて、この父と母の性格をはっきりと見分けられるようになってから、この、子供のように稚なかった母の訴えが、どんなに切実なものであったか、よく分った。

この母が祖母のところへ逃げ帰ったとき、私はわんわん泣いて、あとを追ったと言う。近所の女の人が見兼ねて、日が暮れてから、母の家へ私をおぶって連れて行ったと言う。「あのとき、お前が迎いにおいでざったら、わしゃァ、この家には戻らざったのに。」この母の言葉を、その後のながい間、私は幾度聞かされたことか。この言葉の中にある、或るあたたかい感情のために、母が私を恨んでいたものとは思えない。しかし、間もなく、弟が生れ、続けて三人の弟と一人の妹、つまり五人の子供が生れた。母は私のほかに、次々に生れて来たわが子の愛にひかされて、最早(もは)や、決して、この家を離れることが出来なかった。「あのとき、お前が、」と言った母の言葉は、この理由で、私に理解出来た。父は母にとって、最悪の良人であった。

父が死んだのは、私の十六歳のときであった。家邸(いえやしき)だけは辛うじて残ったが、夥(おびただ)しい借金も残った。母の苦労は止むことなく続いた。母の生涯は誰の眼にも、不幸そのものに見えた。しかし、話と言うのは、このことではない。この母と私との間のことである。母にとって、継子(ままこ)である私と言う存在がどう言うものであったか。いまならば、私にも、手にとるように分る。しかし、多くの実子の間に私を交えて育ててくれた、痛ましいとも言える十二三年の間の労苦が、どんなものであったか。人には知られぬことである。

母は私と実子との間に、誰の眼にも分る間隔を、はっきりと置いていた。何か食べ物を分けるときには、「これは姉(ねえ)さまのものじゃから、」と言って、一番好いものを別に撰り分けておいた。何かすることがあると、「まだ、姉さまがお済みんでよ。」と言って、私を一番さきにさせた。子供の私は、母のするこの区別を当然と思った。疑うことなく、この母の処置に従った。一番うまいものを食べ、一番さきに風呂へも這入った。長じたのちに私は、人から聞いた話によって、こう言う母子の関係は、真の母と子との間にはないもの、と言うことを知った。私には母の膝に縋(すが)って泣いた、と言う記憶がない。何かをねだった、と言う記憶がない。私は泣く前に、ねだる前に与えられていたからである。しかし、これらのことは、昔から芝居や浄瑠璃に語られている継母子の物語とは、全く反対の現象である。

幸か不幸か、私はこう言う母によって育てられた。不思議なことであるが私は、母に対して甘ったれる、などと言う経験が全くなかった。私は確かに女の子であるのに、母に対しては、男の子が持つような感情を持っていた。このことは後年、私が幾度かの結婚生活を営むようになってから、私の女としての性情の上に、他の女とはまるで違ったものになって現われたのではないかと、実は、つい、昨日になって、気がついたのであった。私はどの結婚生活においても、一度として、相手に何かを求め、何かをせがんだと言う記憶がない。一度として、膝により縋って、よよと泣き崩れたと言う記憶がない。暮し向きのことも相手に相談せず、いつでも自分でやった。何事も大抵、手際よくやれた。相手はだまって見ていれば宜かった。こう言う女が、男にとって、可愛い女と言えようか。ときには間抜けなこともして、よよと泣いてくれる女。こう言う女を男が好むものと言うことを、私が知っていたろうか。

私のあとで男たちと一緒になった女の人たちが、言い合せたように、可愛い女の人たちであったことは、言うまでもない。私はそれに気がついて、確かに女ではあるが男のような、自分のこの性情が、あの懐かしい母が、私の上に培ってくれたものであることを思うと、なかなか、捨て難いものと思うのである。

もしあのとき

私が麻雀を覚えたのは、それほど早い頃ではない。昭和の七、八年の頃で、いまから凡そ四十五、六年前である。その頃、私は尾崎士郎と一緒に、大森の馬込村に住んでいた。或るとき、つい近所に、広津和郎さんが越して来るようになったのであるが、いまになって思うと、この大先輩の気易い受入れ方に、私たちは忽ち馴れ、毎日のように遊びに行ったものである。

広津さんの家には、いつでも、私たちと同じように、気易く出這入りしている後輩たちが、おおぜい集っていた。それらの人たちの間で、麻雀をしているものが多かった。生れて始めてこの遊びを見た私は、忽ち夢中になった。このとき、私に手ほどきをしてくれたのは、広津さん自身であった。性来の親切心で、手ほどきをしてくれたに過ぎなかったのに、しかし、このことは、私にとって、私の運命を支配するような大事件であった。こんなに面白いことがあるか、と思った私は、夕方になっても家へ帰らなかった。そして、あんなに大好きであった尾崎士郎のために、夕飯を作らなければならぬ、と言うことも忘れた。尾崎は何を食べたか。たぶん、昼飯の残りを食べて済ませたか、どこかへ飯を食べに外出したかに違いないのに、そのことに気をとられるよりも、麻雀の席から立つことが出来なかった。毎日、同じようなことが続いた。私には、これは単なる遊びごとである、と言う弁えもなかったのかと思う。

尾崎がこのことで、私に文句を言ったと言う記憶はない。尾崎は私と違って、勝負事が好きではなかった。私は好きであった。私が好きなことに夢中になり、尾崎が好きでないことに夢中にならない、単にそう言うことと思って、少しも気にとめなかった私のことは、一体、何と思ったら好いのだろう。

尾崎と私とが別れるようになったのは、麻雀が原因ではない。いや、ほんの少しは原因であったかも知れない。正確に言うと、自分のしたいことに夢中になって、そのために、迷惑する人があろうとは思いもつかない、私の性格が原因であった。尾崎と別れるとき、あんなに泣いたのに、しかし、それでも麻雀は止めなかった。

間もなく私は東郷青児と一緒になったのであるが、運の好いことに、東郷は尾崎と違って、麻雀が好きであった。また都合の好いことに、隣家に麻雀好きの夫婦が住んでいたので、暇さえあると、一組になって卓を囲んだ。夜中になって、ふいに麻雀、と言うことになると、この隣家の寝室の窓をノックして、「ねえ、青ちゃん、ちょっと起きてよ。」と言って呼んだりした。青木さん、とは呼ばないで、青ちゃんなどと呼んだりしていたのであったが、夜中に呼びに行ったりしても、喜んで飛び起きてくれた。

しかし、或るとき、とんでもないことが起ったのであった。玄関の呼び鈴がふいに鳴って、三、四人の男が土足で上って来た。「東郷さん、宇野さん、ちょっと警視庁まで来て下さい。」と言うのであった。年輩の人なら、記憶している人があるかも知れない。昭和十年頃、或る朝新聞に、文士の大賭博と言う見出しで、でかでかに報道されたことがあるが、菊池寛、久米正雄その他、おおぜいの文士たちが、麻雀賭博で挙げられたことがあった。私も東郷も、そのあおりを食って槍玉に上ったのであった。東郷のアトリエは玄関のすぐ脇にあった。「私が東郷です。宇野は病気で寝ていますが、」と言って、東郷は自分だけ刑事に連れられて行った。私は寝ていたのではなく、ちょうど私の書斎が寝室の奥にあって、彼等の眼につかなかったので、私をかばって、東郷は嘘をついてくれたのであった。

東郷はそのとき、二、三日警視庁にとめられたように思う。恐しさに慄(ふる)え上った私は、しかし、その後、ぷっつりと麻雀を止めたであろうか。そのことについては、はっきりした記憶はないが、たぶん、ほとぼりが覚めると同時に、また始めたものと見える。こんなに恐しい目に会っても止められなかったとは、呆れたものである。

東郷と別れたあと、私は北原武夫と一緒になったのであったが、やっぱり三日にあげず、麻雀を続けていた。しかし、この遊戯をあまり好きではなかった北原とは、自然に、別々のことをして過ごすようになった。私には、世の中に、麻雀をあんまり好きではない、と言う人のいることが、どうしても理解出来ない。いまでも私は、書き物は昼間、明るい中にする習慣であるが、一時は夕方になると、毎晩のように麻雀をしたものである。あれは、うちでやっていた「スタイル」と言う雑誌が発行不能になって、会社が倒産したときのことである。借金取りに追いまくられて、東京中を逃げ廻ったことがあったが、そのとき、名もない裏町の小さな宿屋から宿屋へ泊り歩いていると、隣りの部屋で、麻雀をしている音がしている。私はしゅんとした気持になって、「ああ、私は、あの麻雀がいまは出来ない。」と溜息を吐いたものである。あんな辛い気持になったことは、めったにない。

あのときから、もう二十年になる。いまでは私も、満八十歳になった。体力がないので、毎夜のように麻雀をやることはないが、それでも、一週間に二回はやる。ときには、夜が明けることもある。

「どうして、そんなに面白いのですか。」とよく人が訊くが、私は八十歳になっても、この麻雀があれば、人生そのものが、まだあるような気がするのである。全く麻雀は面白い。どんなにあせっても、思いのままにならないかと思うと、どんな厄介な手でも、するすると出来上る。まるで空の上から神さまが見ていて、残酷になったり、依怙贔屓をしたりしているのではないかと思われる。全く退屈を知らない。

私の父は一生の間、正業を持たないで、博打ばかり打って暮した。小さい子供の頃、よく母と一緒に警察の留置場に入れられている父のところへ、弁当を届けに行ったものであるが、そのときには分らなかった父の気持も、多少は分るような気がする。この父に比べると、昼間だけでも、書き物をしている私の方が、いくらか正気であるかも知れない。

それにしても、あの四十五、六年前、広津さんが私に麻雀を手ほどきしてくれなかったら、私はもっと仕事をしていただろうか。しかし、私は、もしあのとき、麻雀を教わらなかったら、などとは決して思わない。

却(かえ)って、こんなに面白い、人生的な遊びを知らない人のことを、可哀そうだと思っているのだから、呆れる。

宇野千代 Ⅱ 敬し、愛した男たち

二つの川端さん

『伊豆の踊子』と言う小説はいつ頃お書きになったのか、私は知らないのだけれど、川端（康成）さんは随分ながい間、伊豆の湯ケ島にいらした。

湯ケ島の湯本館と言う旅館である。湯ケ島ではこの旅館が一番古い、そして一番好い旅館であった。

三十年も昔のことで、私の記憶はぼうっとしていて確かではないのに、はじめて湯ケ島でお目にかかった頃の川端さんの顔や姿や声音が、まるで初恋の人ででもあったように鮮明に思い出される。

湯本館のすぐそばに、谷川が流れていた。瀬が早く、きれいな水で、川底の石ころが透けて見える。

あるとき、東京から、芸者であった若い女が宿に来ていて、その女の人も一緒に川端さんと散歩した帰り途、みんなで着物の裾をからげ乍ら、その谷川を渡った。

瀬が早いので、女の人がときどき転びそうになる。そのたびに川端さんは、手をかして女を支えておやりになった。女の顔も覚えていないのに、私は川端さんの白い素足が、水の中でさっと女の方へ駆け寄って行くさまが、いまでもはっきりと眼に残っている。

私は嫉いていたのかも知れない。まるで川端さんに恋いしてでもいたように、一種の痛みを持ってあのことが思い出されるのは、何のせいか知ら。

川端さんは俗に言う「色男型」の人ではない。それだのに、女の眼に映る川端さんの中には、何か分らないけど女の感情をそそるものがある。

「あれだな」と私はよく思う。川端さんの小説の中に一貫してひそんでいる、或る煽情的とも思われる情感が、あれなのではないか知ら。

川端さんは世間普通には、「優しい人」と言われる。ひっそりしたあの笑顔や眼の印象もそうである。実生活でもまた、川端さんの優しさ、親切さについて、よく人は話をする。

それだのに、その印象とは全く反対な、或る冷やっとした非情なものが、川端さんの中にある。二つのものが混ざらないで、別々の人間のもののように列んでいるのを感じると、私はいつでも、ここのところで昔の川端さんを見失って了う。

いいえ、全く新しい川端さんに始めて会ったように錯覚する。人は誰でも、若かったとき心惹かれたものに対して、感覚的に忘れっぽくなるからである。

二つの川端さんは、どちらもほんとの川端さんに違いないのだけれど、いまになると私は、この見知らぬ川端さんに、言い難い魅力を感じる。川端さんの小説の中にあるあの生々しい情感が、全く変貌することがあるとしても、私はその小説を読みたい。

この頃は川端さんにちっともお目にかからなくなった。遠くにいて川端さんの小説だけ読んでいると、川端さんの小説は「あまりに色っぽい」と思う。私はあの奥にある、あの冷やっとしたものの正体が見たい。

男性と女性

倚松庵の夢

中央公論新年号に載っている谷崎（潤一郎）夫人の「倚松庵の夢」と言う一文を読んだ。何の気なく、ぱらぱらとめくって読み始めたのであるが、読んでいる中に、あの優艶な文中から、ぞうっとするような、鬼気、芸術家の執念の凄まじさを感じ、しばらくは息も吐けなかった。「ああ、そうか。そうだったのか。」と心の底から納得が行き、改めて激しい感動に打たれたのであった。そして、谷崎先生の死後、先生を思慕する形で、こんなに激しい文章を書かれた夫人の決断に、感動を禁じられなかったのである。

ちょうどこの文中に出ている昭和七年の頃、私は東郷青児と一緒に、阪神沿線の魚崎にある先生の仮住居を尋ねたことがある。何の積りであったか、いまでは覚えがないが、そのときのことで、はっきりと記憶に残っているのは、先生がすぐ隣家に住んでいた夫人を招じ入れて、夫人の踊りを私たちに見せたときのことである。その頃夫人はまだ谷崎先生の夫人ではなかった。文字通り、隣家の夫人であったのに、先生の招きによって、やや時をおいて先生の家に現われ、そのときには私には分らなかったが、たぶんあれが地唄舞と言うのであろう、扇をひろげて、とても静かな、音のないような舞を舞い、そのまま、実にその舞の続きのような所作で、隣家へ消えて行かれた。隣家の夫人と言う説明だけで、何の話も聞かなかった私たちは、世にも不思議な人があるもの、と思ったその遠い昔の記憶が、まざまざと思い浮んだのであった。先生は何の説明も与えずに、先生の抱いていられたあの激しい夫人への思慕の思いを、ほんの通りすがりの者に過ぎない私たちにまで、伝えたかったのではなかったか。ついこの頃になって私は、先生が夫人をその家に迎え入れられた最初の頃、夫人は屏風で囲んだ座敷の中で、蒔絵の硯箱を前に何か物語り風の草紙を手本にして、習字に余念がない風であったのに、先生はその座敷のそとの廊下を、尻端折りの格好で雑巾がけをしていられた。そのときの異様な風景は、ゴシップと言うのではなく、世にも不思議なものとして見たことのある人の話を聞いたが、先生はちょうどその頃、その実生活においても、春琴と佐助そのままの有様を地で行っていられたのか。先生のその思いはとにかくとして、夫人はまたどうして、平然と蒔絵の硯箱なぞで習字をしていられたのか、と私はその話を聞いたときにいぶかしく思ったものであったが、いま夫人のこの一文を読むと、「演出家のイメージを害わぬように、神経を使うことに疲れて、」「命をかけても、芸術至上のこの偉大な作家を深く理解し、順応して行かねばならぬ、」「それには世間の思惑等を気にせぬ鷹揚さと勇気を持つこと、」などの個所があり、夫人が平然として春琴の役割をしていられたのではなかったどころか、先生の創作欲を害わぬために、進んでその役割に没入して行かれたことが、眼に見えるようにはっきりと分ったのであった。

谷崎先生の作風を知っているものには、或いはこんなことは常識になっていることではないのか。それを今更のように驚くのは、私が先生を知らなかったからではないのか、などと思い乍ら、しかし、それにしても、先生の文学に対する執念の凄じさに、全く呆然となったのであった。「春琴抄」「蘆刈」「盲目物語」「少将滋幹の母」その他「細雪」に至るまでの殆んど全作品が、夫人のイメージによって書かれたかと思われるのも当然のことであるが、而も先生は、「私にとりましては芸術のためのあなた様ではなく、あなた様のための芸術でございます。」「もしあなた様と芸術とが両立しなければ、私は喜んで芸術の方を捨てて了います。」と言っていられたほど、夫人に対する思慕は純一なものであり、それだからこそ、あの次々の傑作が生れたのであった。

後年、それは戦争中のことであったが、しばらくの間熱海に疎開していたことのあった私は、その頃熱海の来ノ宮にやはり疎開していられた先生と、割りに近しく、と言ってもそれは台所的な交際に限られていたが、日に何回となく往復するようなことがあった。先生の食べ物に対する執着は定評があるが、先生とは形は違うが、私は自分も食べ物に固執する性質なので、戦時中の物資の乏しい中で、先生の気持に相呼応するような格好で、食べ物の獲得に狂奔した記憶があるが、そのときの先生も、一種豪放な大人的な、求めるものに対しては一歩も譲らない、と言うと、それが食べ物のことであるから、へんに聞えるかも知れないが、一種痛快なその先生の性質を見たように思ったものであった。

先生と夫人との生活は何年になるのか、恐らく四十年にもなる永い間であろうが、その間先生は、「私にとりましては芸術のためのあなた様ではなく、あなた様のための芸術でございます。もしあなた様と芸術が両立しなければ、」喜んで芸術の方を捨てて了う覚悟で生活していられたに違いないのに、事実は、いや事実ではなく出来上った現実では、芸術のために、夫人そのものをもしゃぶり尽し、そして死んで行かれたようにも私には見えるのである。

男性と女性

谷崎先生の仕事に対するあの激しい情熱は、私にさまざまなことを考えさせた。先生と比較して、同じ文学の道に志していた、とは決して言えないほどの私自身のことを、先ず考えて見ないではいられない。「もしあなた様と芸術が両立しなければ、」喜んで芸術の方を捨てる、と言われた先生は、自分では喜んで捨て去り得られると思っていられた芸術のために、神とも仏とも崇められた夫人をしゃぶり尽して死なれた。一生の間一刻でも、この先生の仕事に対する激しい執心と同じものを、私は持ったことがあるだろうか。比較するのも滑稽なほど、それは皆無と言って好い。いや、比較することが考えられないほど、全く別種の人間のことのように思えるが、しかし、それを敢て比較することに依って、私は或る考えを持ったのである。

私は七十年に近いこの生涯の間、もし仕事に専念したと言える時間があったとしたら、それは合計して二ヵ年とは数えられまい。ではその他の時間は何をしていたのか。私はその答をするのに、自嘲の気持を混えることさえ出来ないほど、それは自然に、全くどうにも出来ない自然な形で、文学以外のほかのことをしていた。而もそれでもなお、自分のことを、小説家だと思っていたのであるから、その痴呆状態は、全く笑うことも出来ないのである。

私の生活は、それくらい動物的で、即物的であった。いまになって自分のして来たことを考えると、どのこともみな、何事かに囚われて、その囚われたことの続きで思いついた事柄に、闇雲に突進して行っただけのことであった。他人の眼で見ると、それはいかにも熱をこめて没入している形に見えたかも知れないが、真に没入と言うものとは凡そ違う、一種の執心であった。雑誌を発行したこともあった。着物、洋品のデザインをやって、その発表機関に雑誌を発行し、また全国に連鎖店を設けたりしたこともあった。凡そ文学とは何の関係もないのに、いや、自分が本来は文学を業とするものであることなぞ、夢にも思い出さずにそれらのことに熱中した。

私自身のことではないが、ここでちょっと、私の古い友だちである宮田文子女史のことを書いてみたい。宮田さんは若い頃から、何事に限らず思い立ったことはその日そのときに実行する人で、その生涯には、数えられない程の仕事をして来た人であるが、それらの仕事の最初の思いつきになった、仕事のとば口になったものは、いまは亡い愛嬢のイヴォンヌさんに、「可愛らしい洋服を着せてやりたい。」と言う母親としての願いであった。この可愛らしい子供服が帽子になり、大人の洋服になり、舞踊になり、芝居になり、世界旅行になり、飛行会社の仕事になり、他人の眼には転々として仕事を変えたように見えることも、もとはイヴォンヌさんへの愛情につながって、そこから凡ての糸が出て来ていたように見える。

この宮田女史のことを考えると、私は微笑ましくなるのである。何だか私も、宮田女史と似ている、と思うからである。子供への愛情にひかされてではないが、私もまた、何ものかへの情にひかされていた。私も宮田女史も、ではなぜ、そう言うことをせずにはいられないのか、と言うことには答えられない。私も宮田女史も、自分で自分のしていることが、なぜそうしているのか、と言うことが分らない。それほど私たちは似ているが、それは私たちが女だと言うことではないのか。私たちのしていることは、それほど動物的で、即物的で、自分でも何をしているのか分らない。それが女と言うものなのではないのか。

こんなことを言うと、私は女である自分のことを卑下しているように聞える。しかし、私は女である自分を、決して可厭だとは思っていないどころか、女に生れて来て宜かったとさえ思っている。女であるために、自分がいま、何のためにこんなことをしているのか分らないことを、そのときには一生懸命に、まっしぐらにしている自分のことを、実に滑稽だと思い乍ら、あとで考えると、つき物がおちたようにぽかんとして了う。私は恋のために自分の家に火をつけた八百屋お七も、嫉妬のために蛇になって男のあとを追いかけた清姫も、自分と同類の女のように思い、そしてそれはやはり、決して男のではない、女の習性だと思い、そう言う女の生き方に納得が行くのである。その女の習性を卑下はしない。

ここで谷崎先生のことを言い出すのは、突然かも知れない。しかし、私には先生のあのまっしぐらな生き方が、没我的に見えれば見えるほど、抽象的に思われる。男の抽象性と言うものを、まざまざと見たように思われる。先生は言葉を尽して、「あなた様のために、あなた様のために、」と言われたが、それは先生がしんからそう感じられた、と言うことではあっても、そのこと自体ではない。先生はその言葉とは逆に、一刻の間も仕事を忘れない男の本性によって、夫人をしゃぶり尽し、描き尽されたように、私には思えてならない。女の生き方とはちょうど逆に、先生は一刻の間も、自分が何をしているのか忘れている瞬間はなかった、と私には思えてならない。

好きか嫌いか

私は二十年くらい前に、良人であった北原武夫と離婚した。二十五年もの間、生活を一緒にしていたのであるから、別れると言うことに覚悟がなかったので、動揺した。それはちょうど、天災地変に出会ったのと似ているような、抗しがたい気持であったが、しかし、良人を恨む気持はなかった。嫉妬とか復讐とか言う気持は、口惜しいと言う感情につながる。人には不思議に思われるかも知れないが、私には口惜しいと言う感情はなかった。冷静に考えて、私とのながい間の生活に堪えたと言うことが、良人の私に対する親切だと思う。良人を恨まなかった私は、忽ち、次の瞬間に、別離と言うものの本質を理解した。この瞬間から、良人は私に直接につながったものではなくても、やはりどこかに居る、そう言う抽象体になった。つき物が落ちたように、私は冷静になった。

私のこの状態を見た人は、私が嘘を吐いているのだ、と言った。嫉妬に燃え、あの、清姫と同じように男を追いかけたりしないのは、おかしいと言った。人にはそう思えたかも知れない。しかし、考えてみると、私はその同じような気持はとうに卒業した。一緒に暮していたながい間に、なし崩しに、「物狂い」の心境を経て来たように思う。そして、いまになると、良人のしたことが凡て自然に思え、もし自分が良人と同じような境遇であったら、良人とそっくり同じようなことをした、と思えた。この理解が、私を混乱から救った。

私のこの気持は他人には分りにくい。人から訊かれて、この気持を話すと、誰でも怪訝(けげん)な顔をする。中には、「そのお話は信じません。」と正直に言う人もいる。つまり、良人の情事を嫉妬の気持なしに見送ると言うのは、自己を偽っているのだ、と言うのである。人にはどう見えるか分らないが、良人を見送ったあとの私は、自分のしたことが、やはり宜かったと満足に思うのである。

この私の状態は、前に書いた女の生活には似ていないように見える。嫉妬に荒れ狂わない私は、或いは女性的ではなく、男性的にも見える。或いは老齢のせいで、感情の枯渇したものかと見える。人には不思議に思われるかも知れないが、私自身の内密な感情を告白すると、私は或る人に対しては、どこまでも相手のしたいと思っていることを察して、その思っている通りにしてみたい、また或る人に対してはその反対に、何となく意地悪がしてみたい、意地悪をして困らせてみたい、と言う感情を制し切れない。どう言う訳でそう言う二つの反対の気持になるのか、自分でも分らないが、たぶん、その人が私にとって好きな人か嫌いな人か、と言う極(ご)く子供らしい、単純な、しかしどうにもならない気持から出発するのではないかと思う。今度の場合、私はどこまでも相手のしたいと思うことを、そのままその通りに理解することが出来たが、それは、たぶん、私が思いやりのある立派な心掛けの女だからではなく、ただ単に、相手が好きな人だったからである。

こう言うおかしな心境を、男性的な心境と言えるだろうか。私と言う女は、これくらいおかしな女性的な女なのである。

『私の文学的回想記』より

正常の女ならば

或る夜のことでした。私は誰かと一緒に街の酒場へ行きました。春であったか夏であったか、たぶん春の四月頃だったと思います。私はこの酒場で東郷青児に会い、「一緒に僕の家へ行かないか」と言われて、そのまま、彼の家へ行ったのでした。

青児は今東光（こんとうこう）と不良少年仲間で、私が燕楽軒（えんらくけん）に出ていた頃にも、東光と一緒に店に来たことがあると言うことでした。それにしても、ふいに男から、「一緒に行かないか」と言われて、そのまま一緒について行く女の気持ちは、それは正常ではありません。私はそれでも、一緒に行ったのでした。いま考えてみますと、私はそのとき、男が好きだったのではありませんでした。好きでもない男と一緒に行った私の気持ちは何であったか、理解に苦しむのですが、それは単なる好奇心だったのでしょうか。いえ、行こうと言われて、ついて行った気持ちの中には、どうなっても構わない、無防備な、あけっぴろげな、冒険心とでも言うような、生き生きとした気持ちがあったのでしょうか。いえ、会った途端に、一緒に来いなどと言うことの出来る、男の無謀に、応えてみたい気持ちでもあったのでしょうか。危ない、と思う方向へ、思わず引き込まれずにはいられない、或る気持ちなのでしょうか。その、どの場合にもとれる私のこの行動を、人はまた、「尾崎さんと別れて、自棄になっていたんだよ」と言ったとか聞きましたが、私はその頃の自分の中に、それほどにもながい間、一つの感情を持続していることが出来たかどうかを怪しみます。

青児はその頃、フランスから帰ったばかりでした。或る若い女と情死して未遂に終わり、いまでは想像も出来ないような、大袈裟な新聞記事になった、その直後でもあったのです。燃え上がる火の元は何にもない筈なのに、しかし、私と青児とはその夜の中に一緒になって了ったのでした。

朝、眼がさめて初めて気がついたのですが、二人が昨夜、一緒にくるまって寝た夜具には、夥しい血痕がありました。それを見たとき私は、「まア、これは血じゃアないの」とも、「これはあのときのね」とも言いませんでした。その血痕を見て、正常の女ならば、おびえて逃げ出したに違いないと思いますのに、それどころか、逆に、ぴたっとそこに居つく気になったのです。いま考えてみても、そのままその家にとどまって、しまいには、世間普通の結婚した男と女と全く同じように、一つの家の中で平穏な毎日を送るようにどうしてなれたのか、われながら不思議な気がします。ひょっとしたら、この血痕を見ることがなかったら、あのまま、青児と一緒になることもなかったのではないかと思うのです。

その結びつきが奇矯であったにも拘らず、二人の生活は至極平和でした。或いは青児も私も、ここへ来るまでの間の、人には知られぬジグザグのある生活に疲れ、家らしい形をしたものの、束の間の安息に、身をひそめたのであったかと思います。不思議なことに私も青児も、言い合わせたように相手の過去の身の上に、一言もふれようとはしなかったのでした。私は青児が私と一緒になる前日まで、どんなことをして暮らしを立て、また何を考えてその仕事を守ったのかさえ、知りませんでした。

私には青児の絵の意図するところは分かりませんでした。しかし、その形と色との美しい抽象性は分かるように思われました。そこにはその行動の荒々しさからは測られぬ、ある凝固した静謐さがあるように思われました。その頃、私の好んで書いた幾つかの短い小説は、凡て、この青児の絵の模倣ではなかったかと思うのです。女と言うもののおかしさ。夢にもそれと意識しないで、私はそれを真面目に書いたのでした。

＊

『色ざんげ』の魅力

いまになって考えますと、この東郷との無茶苦茶な生活も、面白かった、と言わない訳には行きません。昼間は呼吸も出来ないほど借金取りに責め立てられていても、夜はその苦痛の痕跡もなく、レコードをかけて客と一緒に踊ったりしました。しかし、この、少しのことでは驚かない、一種の図太さは、東郷との生活の中で出来たものではなく、私の生来のものだったのかも知れません。そうかも知れないのですが、相手が東郷だと思うと、何と言うのですか、同じ人間が寄り集まったと思う気持ちから、なおのこと、図太くなったのではないかと思うのです。この間読んだ『葉隠』と言う本の、君臣の道と言う中に、君主が謀叛をはかったときは、臣下はこれを諫めたりしないで、一緒に謀叛をはからなければならない、と書いてありましたが、つまり、この心境なのではないでしょうか。ひょっとしたら、東郷の方も、同じ気持ちでいたのかと思います。

　この二人の間柄は、どこか愛に似ています。自分と一緒になって、おかしなこともしてくれた相手を憎むことは出来ません。ながい間かかって、家の払いも殆ど済ませた頃に、ながい戦争のあとの、休戦状態と思われるときが来ました。東郷が画家の仕事ではなく、文士のするような、ジャン・コクトオの『怖るべき子供たち』を翻訳したのもこのときです。また私が、東郷の話を聞き書きにして、『色ざんげ』と言う唯一の長篇小説を書いたのも同じ頃です。「君はこの話を小説にする積もりで、そのために、俺と一緒にいたのだな」と東郷が言いました。この東郷の言ったことは、当たってはいませんでしたが、いかにもそうであったかのように、私はこの長篇に力を入れて書きました。この小説は、これまでに私の書いたどの小説よりも面白く、したがって、どの小説よりも、「よく売れる」小説でした。これは私にとって自慢にはならないことなのですが、この長篇の成功の原因は、これを書いた私の力よりも、この話をしてくれた東郷の話術の巧みさが、その大部分の魅力になっていたからです。

　男と女が或る年月の間一緒に暮らしている間には、当人同士はまるで自覚してはいないのに、根本的とも思われる影響をうけるものです。東郷と一緒にいる間、私は彼の描いた絵を売り歩くことはあっても、その絵がどうした手法によって描かれるのか、また、その絵がどうした色と形の配分によって描かれるのか、まるで無関心だったのです。自分も絵を描こうなどとは夢にも思ったことのなかった私のことです。まして、自分の、小説を書く仕事にしか関心のなかった私のことですから、無理もないのですが、しかし、思いもかけない現象が起こりました。東郷と別れて、二十年も経ったときのことです。私は或る事情から、着物を作ることを生活のもとでにしなければならない、或る時期がありました。いや、時期があったのではありません。いま、現在でもそうなのですが、私の作った着物を見て、「まァ、東郷青児の絵に似てるわね。そっくりだわ」と言った人があったのです。私は吃驚（びっくり）しました。着物と絵がそっくりと言うことはあり得ないことですが、しかし、昔、東郷が好んで使った配色を、私がそれとは意識せずに使っていると言うことは有り得ます。東郷の、どちらかと言うと工芸的な絵の感じが、私の作る着物のどこかに、ひそんでいると言うのでしょうか。思いがけないことですが、別れて三十年も四十年も経ったいまになっても、その影響によって、生活のもとを得ていると言うことは、何とも不思議な気がします。

私と東郷との生活は、しかし、理想的なカップルのそれではありません。それにも拘らず、そのときの繋がり方の残肴(ざんこう)によって、いまだに余得をうけていると言うことは、彼自身にではなく、何か知らないものへ礼を言いたいような、不思議な気になります。

天上の花の三好さん

三好達治さんのことを書こうと思うと、まず思い浮ぶのは、あの萩原葉子さんの書いた『天上の花』のことである。あの作品が出たとき、世間の人はあっと言った。作品がよかったこととは別に、あれが三好さんの隠されていた無惨な恋愛について書いたものだということで、ほとんど非難するような口調で咎めた人もあった。あの作品が芥川賞の候補になり、入賞するかに見えたときも、入賞せず、該当作なしと言われた。「三好に対してあんまりだと思うので、」とある三好さんと親しかった選者が話していたが、私はこれらの非難や、思惑を不思議なことに思った。三好さんが生きていれば、あるいはショックを受けたであろう。しかし、いまは三好さんも天上の人である。たとえ自分の人には知られたくないと思った恋愛が世間の中に現われたとしても、何の傷もうけない。それどころか自分からは言えなかったことを、自分に替って書いてくれた葉子さんに、天上の人としての分別をもって、感謝しているのではあるまいか。私はそう感じた。葉子さんの作品には、もちろんその高さの愛があったからである。

あの作品にはあの作品による解明があって、「ああ、そうだったのか、」と私にも思われるところが沢山にある。それはあの中にあるゴシップ的な事柄ではない。ああいうことがなければ、三好達治という詩人の「肖像」の全体が成り立たない。この詩人の現われている影が半分しか見えないでいたものが、ああ、やっとこれで、三好達治の像の全体が出来上る。そう納得されるものがあった。

人にはどう思われるか知れないが、生前、三好さんとごく親しく附き合ったことのある私には、三好さんの人に知られない半面が、それと事柄は分らないまでも、感覚的に分っていたからである。三好さんはヴェルレーヌが好きであった。ヴェルレーヌのあの惑溺せずには止まない無惨な性情が、自分の気持にひき比べて、そのまま感得出来る。三好さんは酒が好きであった。一緒の席でよく酒をのむ三好さんを見ることがあったが、酔がすすむにつれて、酒と別れられない。そういう自分を厭いながら、別れることが出来ない。女の人との間柄でも、自分の無惨な位置が自分自身、どんなにはっきりと分っていても、別れられない。それは惑溺というようなものではない。もっと根源的な破滅的なものであるのに、しかし三好さんは正気でいた。少くとも他人の眼にはそう見えた。他人の眼に見えた三好さんは、いつでも正気で端然としていて、節度を守っているようであったが、三好さんの内面はあるいはそれと反対で、いつでも狂気で、節度を外し、惑溺するに任せていたのではないだろうか。その両面が、あの三好さんの高揚した詩になる。私はそういう両面の三好さんを感覚的に知っている。だから、三好さんのただの隣人的な親切も、ややもすると度を越し、私たちを戸惑わせる。度を越すこと。控え目にすること。何事につけても、この二つの間を往来する三好さんの性情を、それはずっと若かったときから知っている私には、あの『天上の花』の三好さんが、どんなに懐かしく、また哀しく思われることか。

いま、私の家には三好さんから貰ったものがいくつか残っている。「これはどう?」と言ってある日、私にくれた。鉄斎の七十九歳のときの画で、小さな亀の子が五つ描いてあって、その上に「むれがめの、ひとつひとつの万世を、とりあつめつつきみぞかぞへん」と書いてある。本物か偽物か分らない。それからまた古九谷（こくたに）の小さな徳利もある。牡丹の花が徳利一ぱいに描いてある。これも本物か偽物か分らない。しかし私は、三好さんのこういうのを見る眼が鋭い、という訳にはいかなくても、これをくれたときの三好さんの、一ぱいに溢れるような、あのあたたかい思いを決して忘れない。

女としての「妄想」

私が「雨の音」と言う小説を書いたとき、野上弥生子さんが或る人との座談で、「宇野さんは北原さんをほんとうには愛していなかったのじゃないか、と思った。宇野さんの愛していたのは北原さんではなくて、自分自身ではなかったかと思った。」と言う意味のことを指摘した。私は自分の予期していなかった方向から、突然、弾を打たれたような気になった。そして、「そうだ。私の愛していたのは北原ではなくて、自分自身だった。」と思った。そして、この発想で行くと、私と北原（武夫）との間の、もやもやして分り難かったいろいろなことが、一ぺんに解明出来るような気になった。

ながい間、殆んど三十年に近い間、私は北原と一緒にいた。その間、私は北原と言い争ったと言う記憶がない。北原のしていることが気に入らなくても、私はだまっていた。あれは間違っているかな、と思っていたことも、言葉に出しては言わなかった。医者の息子である北原は、薬が大好きであった。机の抽出（ひきだ）しをあけると、いろいろな薬が一ぱい詰っていた。薬の効能書きを熱心に読んでいた。注射をするのが好きで、自分で消毒して、ぷつりと針をさしていた。北原の死後、「あれを何故とめなかったのだろう。」と思ったのは、このことであった。愛とは停めることだ。おかしなことであるが、そう言う言葉が浮び上る。

北原の作品に対して、私は熱心な読者ではなかった。考えて見ると、これはおかしいことである。たとえ、その作品について、あれこれと言わなくても、読むのは、相手に隠れても読む筈であった。それが、そうではなかったとは、どう言うことか。読んだら、あれこれと言いたくなるからか。何を書いていても無関心であったからなのか。このことは、いろんなことを考えさせる。私は北原のことに、心を使うことを避けたのであったか。北原にはちょっと頑(かたく)なところがあった。その作品について、私が何か言ったりすることは、北原を可厭な気持にさせる。私はそう思っていたのであったか。それを避けるために、その作品を読まなかったのであったか。

しかし、北原と別れた後、私はその作品を読むようになった。それは一種自由な気持であった。謂わば、他人の書いた小説であった。いや、違う。決して、他人の書いた小説ではない。「あの人」の書いた小説であった。「あの人」のことを、私はよく知っている。そうだ。「あの人」なら、こう書くと言うことが、私にはよく分る。作品のなり立ちが、よく分る。よいものも、また悪いものも、よく分るような気がする。私には、北原の書いたものが、或る言いようのない間隔をおいて、しかし、はっきりと見えるような気になった。

その頃からのちの北原の作品は、よく読んでいたと思う。娯楽雑誌に載ったもので、所謂「お色気小説」と言うものも読んだ。それらの或るものが、悲しいほど切実に、北原の才能の根源と続いている。私はこれを、単に、所謂「お色気小説」とは思わなかった。そして、この「お色気小説」を書いている北原の気持が、手にとるように分るにつれて、それが、北原の驕慢である、と私は思った。

「霧雨」になって、北原の作品活動は頂点に達する。北原の終生変ることなく念願したものが結実した、と私は思った。あれは夜であったが、私は北原のところに電話をした。こんなとき、私は何を言っただろう。私の下手な評言は、しかしすぐに通じた。北原は充分に自信のあるときの癖で、落着いていた。にも拘らず、その声は、少年のもののようにナイーヴに私には思われた。北原はそのとき、次ぎの作品のことを少し話した。

北原の病気は、最初、何でもなく思えた。病気が、その作品と関係がある、などとは思えなかった。しかし、作品はその病気を負かすことは出来なかった。死後、北原の作品が「霧雨」を頂点にした、と思ったとき、あれからまださきに、北原の道があったとしたら、いや、あったと思った。野上さんに指摘されるまでもなく、私が北原の同伴者であった期間、いや、そのあとでさえも、北原の驕慢を指摘すべきではなかったか、と思った。このことは、私の、女としての「妄想」であるかも知れない。一体、そんなことが、文学の世界で通用することだろうか。私が何を指摘したからと言って、北原が、ああ、そうか、とでも言うことか。しかし、それでもなお、私は、自分の北原に対する逃避的な態度を、宜かったとだけは言えないと、いまになって思うのである。

『生きて行く私』より

親と子が一緒にいる

或る雪の夜のことであった。青山一丁目の知人の家から帰って来る途中で、私は下駄を踏み辷らして、道の片側にあった凹たまりのところまで、すってんと転んだ。起とうとしたが起てなかった。痛くもなんともないのに、足が起たなかった。

「あら、どうしたのか知ら、どうしても起てないのよ」と言うと、一緒に歩いていた妹の勝子が、吃驚して駆け寄った。「さあ、あたしに負ぶさって」と言った。あの、雪明りの道を面白半分に帰って来た、のんびりした気持ちはどうしたのか。

翌朝、近所の医者に見て貰うと、腰の骨が折れていると言う。痛くも何ともないのに、腰の骨が折れていると言うのが、私には信じられなかった。「畳の上で転んでも、それで、骨が折れてることがあるんです」と言う。老人の骨は、それほどまでに脆い、と言うのか。

近所の医者の紹介で、お茶の水の東京医科歯科大学の病院へ入院することになった。痛くも何ともないので、私は平気で入院したのであったが、それからあとの病院の処置には、私はおったまげて了った。あとで聞いたことであったが、私は首から下の胴体から足の踝まで、全身、包帯でぐるぐる巻きにされ、その上から石膏を流して固めたギブスを作り、まるで、白い鎧を着たようにされたのであった。

付きそいに来たのは妹の勝子と、きものを作る手伝いをしていた淳ちゃんとであった。二人は処置室のそとで待っていた。中から、担架に乗せられて出て来た私の眼に、ぽつりと一つ、大粒の涙がこぼれているのを見て、まだ、麻酔から醒めていない筈なのに、その夢現の間にも、どんなにか痛いと言う思いをしたことかと可哀そうでならなかった。淳ちゃんはあとで、その話を私にして聞かせた。

それからあとが大変であった。全身、ギブスにはめられたままの体が、どんなに痛痒かったか、とても人に話すことは出来ないものであったが、そう言うとき、私はいつでも、どうしたか。私はもう、六十六歳になっていた。思慮分別も、人並みにはあると思っていたのに、このギブスの中の皮膚の痛痒さを、どうして忘れることが出来たか。

私は叫び出さなかった。私は痛くはない、痛くはない、と思おうとした。私のそのときの関心は、この、折れた骨に金属性の棒きれをあてて、そのまま、筋肉の中に埋め込むという手術が、たちまちの間に済んで了って、あと三週間、ベッドに体をしばりつけたまま、不動の姿勢で寝ていなければならない、そのことであった。

おかしなことであるが私は、このときも、また、ただ考えると絶対に不可能だと思われるそのことが、自分の体を投げ出して、無心にそれに従うと、思いがけなく、気楽に、没入することが出来るのであった。

私はここでも、また、同じことを言うが、これは稚(おさな)い子供のとき、あの、父親の命じたことは、それがどんなに無理なことでも、残酷なことでも、理屈なしに、そのまま服従した、あのことの名残りであった。

それに私は、どんなときでも、どんなことでも、それが辛い、苦しいこととは思わず、愉しい、面白い、と思うことの出来る習慣があった。そうしよう、と無理にしたのでもなく、また、理屈でしたのでもなく、いつもの私の癖で、思わず、そうしたのであるが、私の係りの先生に、素敵な人がいた。名前は忘れたが、私と淳ちゃんとは、この先生に、ベン・ケーシーと言う渾名(あだな)をつけていた。その人の回診があると、「あ、ベン・ケーシーが来た」と言って大喜びした。

ベン・ケーシーと言うのは、その頃、人口に膾炙(かいしゃ)したアメリカのテレビ映画の、正義の味方である若いお医者さまの名前で、ハンサムでもあった。私たちはそのために、この病院を愉しいところ、愉しんで生活する場所として、変容して考えた。これが、いつでも、苦しいこと、辛いことを、愉しいこと、面白いことに変容させる、私のたった一つの秘密の術であった。

いつの間にか、私の看病は、きものの助手である淳ちゃんの役目になっていたが、淳ちやんもまた、ベン・ケーシーのファンであった。「そら、来ましたよ」といつでも言っていた。勿論、私の寝起きの世話、食事の面倒も見たが、大小便の世話もした。それが、いかにも自然なので、私は、淳ちゃんはよくしてくれる、有り難い、などとは夢にも思わなかった。あの、七十日間のながい間、一度も病院のそとへは出なかった淳ちゃんのことを、当たり前だと思っていた。

人のすることで、自然である、ということくらい、美しいことはまたとない。どんなことも、自然にするのであるから、誰も、有り難いなどと思わなくても好い。平気でされている。この状態のことである。

淳ちゃんはそのときから、十九年経ったいまでも、私のところにいる。自然にいるのであるから、誰も有り難いなどと思わなくても好い。

私のきものの仕事は、少しずつ上向きになり、「きもの研究所」と言う名前になった。社員も増えた。経理として入社した藤江広(ひろし)と言う青年と結婚したので、淳ちゃんは藤江淳子となったが、それでも、そのまま自然に仕事を続け、いまでは、デザインも、私の助手としてするようになった。

しかし、この藤江淳子を、「きもの研究所」の重要なポストとして、改めて考えたりはしない。自然に、殆ど四六時中、淳ちゃんは私のそばにいる。そばにいないのは、私が書き物をしているときだけである。私の食べるものは、私が大抵自分で作るが、ときには、ちょっと淳ちゃんが手伝うこともある。一緒に食べることもある。言って見れば、親と子が一緒にいるような格好で、淳ちゃんは私のそばにいる。

さて、病院で腰の手術をうけたあと、もう二日したら退院、と言うときに、北原武夫が花束を抱えて見舞いに来た。「あと二日で退院だって」と笑顔で言ったりしたので、北原もまた、私の退院を喜んでくれているものと、私は思い込んでいた。どこか、ほかのところへ持って行く花束ではなかったのか、と、のちになって思ったものである。

うちへは帰ったが、私は歩けない。前のように、二階へ上がって、仕事をすることも出来ない。ちょうど、北原のいる部屋のすぐ外に、廊下があって、廊下の続きに、三畳一間きりの小部屋がある。そこへベッドを置いて、私は寝ていた。病院で世話をしてくれた補導が、私に手をそえて、歩き方の練習をさせていた。「今度は右足、今度は左足」と、足をかわりばんこに出す練習なのであったが、生まれて一年も経たない頃に覚えたこの歩き方を、さっぱり思い出せないと言うことがあるのか。

三畳の小部屋と廊下だけでは狭かった。「ちょっと、ここを歩かせて下さいね」と頼んで、一度か二度、北原の部屋まで行ったことがある。

そのときの北原の顔は、あの、退院の前に、花束を抱えて病院へ見舞いに来たときの顔とは、似ても似つかぬものであった。たぶん、仕事をしている途中で、仕事を中断させられたことへの不満ででもあったのか、振り向きもしなかった。私はだまって自分の部屋の方へ戻った。そしてまた、狭いところを行ったり来たりしている間に、やっとのことで腋の下へ松葉杖を当てて歩けるようになったときの嬉しさは、どうであったか。

感慨の涙であったか

さて、私が病院を退院して、やっとのことで腋の下に松葉杖を当てて、歩けるようになった或る日のこと、私たちは三好達治が急死した、と言う知らせを受けたのであった。私と三好達治とは、私たちの湯ケ島時代に、梶井基次郎たちと一緒のグループで、仲よくなってから、殆ど四十年もの間、断続したつき合いをしていたのであるから、友だちとしては、こんなに我が儘の出来る間柄はなかった。そのために、或るときは、毎日のように、うちへ来て酒を飲み、そのまま、泊まり込んだりするようなことがあるかと思うと、或るときは、殆ど一、二年の間も、どこにいるのか、知らせて来ないこともあった。

しかし、私にとって三好達治の動静は、いつでも、手にとるように分かっている積もりでいて、実は、何にも分かってはいなかったのであった。

それほど三好達治は、自分のことを、極く親しい人にさえ語らなかった。そのためでもあるが、一つには私の方でも、三好に対して心を遣うことが、殆どなかったのではないかと思う。しかし、人がそのことに気がつくのは、気がついても仕方のない、ずっと後になってからのことである。

三好達治は、あの、萩原葉子の『天上の花』に書かれたように、福井県の三国と言うところに、ながい間くらしていて、私にも極くたまにしか、手紙をよこすことがなかった。その間には、あの、三好達治の灼熱の恋があって、それはまた、人には決して語られないことであった。三好が東京へ帰って来たのは、恐らく、その失意のどん底であったに違いないのに、私は彼のその気持ちを、かけらほども察してはいなかった。

「東京へ行きたいから、どこかへ小さい部屋を見つけておいてくれ」と言う手紙が三好から来たときに、私は郊外の或る家の離れを借りて置いたのであったが、私もまた、身辺のごたごたで、どん詰まりになっていた頃だったかと思う。

三好達治は家族と一緒ではなく、たった一人で越して来た。どう言う訳で、一人で来たのか、と訊くことさえ、私はしなかった。この頃の二、三年、或いはそれが最後で、三好とのつき合いは、途切れたのであったかと思うが、私はその頃、しばしば、この三好の郊外の離れの家を訪ねたものであった。

「これを持って帰りませんか」などと言っては、私に何か、ものを呉れるのが、三好の癖であった。骨董と言うほどのものではない雑器や、古書の拓本などであったが、いまでも、それらの何気ない品々が、三好達治の或る隠された人懐っこい性情を語りかけて来るような気がする。その雑器の中の一つに牡丹の大輪の花を描いた筒茶碗があったが、或るとき、それを青山二郎が見て、「ふうん、こんなものを、三好が持っていたのか」と嘆息したものであった。

この三好達治の死の知らせは、私と北原武夫を吃驚させた。私たちが駆けつけたときには、もう、そこに、佐多稲子、今日出海、小林秀雄、井伏鱒二などが集まっていた。私にとっては見馴れたその部屋の中に、三好達治は眠っていた。

「どうぞ、これをおあがりになって下さい。これは、父がその死ぬ前まで、飲んでいたものです」と言って、三好達治の長男がウイスキーの壜をさし出した。部屋の中は、私がよく訪ねて来たあの頃と、ちっとも違ってはいないのに、私たちと三好との間には、越え難い距離があった。三好はもう死んでいた。何と言うながい間、私たちは会わずにいたのかと、今更のように悔やまれた。

「もう、私たちはお暇しましょう」と言って、私はその席で、一番さきに起とうとした。腰の骨は、もう、くっついていたのであるが、まだ、充分に歩くことが出来ないで、どこへでも、松葉杖を持ったままで出掛けていた。そのために、起き上がるのに手間がかかった。

やっと畳に手をついて、起ち上がろうとしたとき、今日出海が、「君、手を持っててやれよ」と、そばに立っている北原の方に向いて、言うのを聞いて、私の方が吃驚した。妻が杖にすがって起ち上がろうとしているとき、そばに立っている良人が、それを抱きかかえてやる、と言うのは、普通のことかも知れない。しかし、私たちの間では、そのことの方が、却って異様なことなのであった。

北原も、吃驚したことと思う。狼狽(あわ)てて、不器用な手つきで、私に手をそえて、起ち上がらせてくれたのであったが、今日出海の、その親切な言葉に、まず、私が吃驚し、そして、北原が狼狽した。私が起てないでまごまごしていても、じきに起つであろうと、そばに立って見ているのが、二人の間にある習慣なのであった。人の見ている前で、北原が私に手をそえてくれるなどと言うことが、どうしてそんなことがあったか。私たちの間に、そんなことがあったのは、どんなに昔のことであったろう。それだのに、人の眼には、起てないでいる私の体に、北原が手をそえて抱きおこすことの方が、極く当たり前のことのように映るのかと、そのことで、私たちはまた吃驚したのであった。

そのことがあってから、間もなくのことであった。私たちが青山に来て、あれは何年くらい経った頃のことであったか。やっとのことで、借金の返済が全部済んだ。やれやれ、これで、全部すんだな、と言う気持ちがあっただろうか。おかしなことであるが、それがあんまり長い期間のことであったので、私たちの間の、一つの習慣のようになっていたことが、今日限り、なくなって了ったのだとでも言うような、一種、気の抜けたような気持ちになったのを覚えている。ひょっとしたら私は、この借金が全部すんで了ったら、二人の間をつないでいるものが、何にもなくなる、そう思っていたのではなかったか。

あれは、春のあたたかい或る日のことであった。「ちょっと話があるんだが」と言って北原が私のいる三畳の部屋に、這入(はい)って来たことがある。

つい、一間ほどの廊下をへだてただけであるのに、北原がこんな風に、私の部屋へ這入って来たと言うことは、これまでに一度もないことであった。

三畳の小部屋には、ベッドが置いてあった。北原が坐ると、横坐りに坐った私の足と、北原の膝とがすれすれになった。「前から考えていたことだが、もし、出来たら、別れてくれないかと思ってね」。咄嗟の間に私は、笑顔になろうとして、何か、歪んだような顔になりはしなかったかと思う。私は北原と顔を見合わせた。「ええ、好いわよ」と私は答えた。心の中では別であったとしても、こう言うとき私は、決して、別れるのは可厭だとは言わなかった。いま別れるのであったとしても、別れにくい間柄を、無理にひっぺがすようにして別れるのではなかった。むしろ、別れるのが、自然のような状態であった。北原もまた、そう思ったのであったか。「では、ちょっと待ってくれ」と言って、一旦、部屋から出て行ってから、もう一度、這入って来て、何か書いた紙きれを、私の前に拡げて見せた。離婚届であった。

私はだまってそれを見た。そして、ペンをとって署名し、判を押した。北原が障子をしめて出て行ったあと、私は同じところに坐ったまま、声を立てずに泣いた。涙がとめどもなくこぼれた。別れるのが可厭で泣くのではなかった。言って見れば、それは、「ながい間、一緒に暮らしていたなあ」とでも言うような、一種、感慨の涙でもあったたか。

＊

巴里の土産はマフラー

北原武夫が私と別れたあと、どこへ行って、どんな女と一緒になったのか、私は知らない、と書いたことがあったが、実は、私は凡そのことを知っていた。私は腰を折るまでは、妹の住んでいる家の二階に住んでいた。北原の仕事をしているところとは、別棟のところにあったので、その女は、自由に、北原のいるところへ出這入りしていた。

ちょっと小柄な、眼のぱっちりした、男好きのする顔をした女で、或る小さな劇団に属し、テレビのアテレコのような仕事もしていた。北原は自分も劇を書いたりしていたので、そう言う仕事に関係のある、女とのつき合いが多かったが、一体に北原には、そう言う派手に見える仕事を持った女が好き、と言うところがあった。

「八年も待たしたのでね」と北原が言ったことがある。私と別れるとき、離婚届に判こを押したときであったが、或る女を、もう、八年も待たしておいたのであるから、これ以上、待たしておくのは気の毒だ、と言うことなのであった。私はその話を聞いても、あまり気にはしなかった。私もまた、八年も待たしてあったその女と、北原が一緒になるのは、ものの順序であるような、気がしていたからであった。

私が妹の家の二階にいた頃にも、その女から、北原のところへ、よく電話がかかって来た。一つの電話を、共同で使っていたのであるから、私のいた二階へかかって来ると、私はすぐ、「あなた、電話よ」と言って、北原にとりついだ。だから、その声には馴染があった。きれいな、よく通る声であった。私がその電話を北原にとりつぐたびに、一緒に仕事をしていた女の子たちは、はらはらしたものだと言うことであったが、それは思い過しであった。

だから、私と北原が別れてからのちも、北原がその女と一緒にいるのは、それほど気を揉むことではなかった。或るとき、北原から、私のところへ電話がかかって来た。

「ここへ来てから、仕事がよく出来るようになったんだよ。これまでは、めちゃめちゃなものも書いたが、これからは、一字一字、まともなものを書きたい、と思ってるんだよ。君にも期待していて貰いたい、と思ってね。それで、この電話をかけたんだよ」

その後も、ときどき電話がかかって来た。そのとき書いている作品の、梗概を話して聞かせることもあった。どこまで書けたか、知らして来ることもあった。凡て、文学に関することばかりであったが、その間に、突然、私の作っている着物で、北原の一緒にいる女に似合いそうなものがあったら、使いの者に持って来させてくれないか、と言ったこともある。私の、文学ではない仕事を、うるおしてやりたい、と言う気でもあったのか。

使いに行った女の子の話によると、北原の住んでいるマンションの部屋は、私と北原の住んでいたときの部屋と、そっくりだ、と言うことであった。つまり、うちにもとからあった、麦藁手（むぎわらで）の湯呑茶碗だとか、織部の椿の壺だとか言うものが、そのまま飾ってあるので、私のうちに坐っているのと、まるで同じであったと言う。

話があとさきになったが、北原には、ずっと前から、持病があった。腎臓が悪くて、よく、自分で注射をしたりしていたが、越して行ってから暫くして、慶応病院に二度、入院した。私も見舞いに行って、そこで、女に会ったりした。北原はベッドから体をのり出すようにして、自分のいま書いている作品の話をしたのを、私はいまでも思い出す。

北原の病気は長びいた。退院して、マンションで養生していた、ちょうどそのとき、私は那須で暮らしていたが、或るとき、那須の近くの山へ遊びに行き、そこに群生している漆の木の下の原っぱに、小さな漆のひこ生えが、びっしりと生えていて、その、小さな一本一本が、真っ赫に紅葉しているのを見て、私は吃驚し、咄嗟に、「あ、これを鉢植えにして、北原のマンションに届けさせよう」と思いついたのであった。

私は平たい鉢を探し出した。その中に、紅葉した漆の小さなひこ生えを三十本くらい、びっしりと植え、青い苔で上から押さえて、一と目で、那須の山の風景が見えるような鉢植えを拵えた。それは美事な出来栄えであった。私は那須から一路、車で北原のマンションの下まで行き、私は車の中で待っていたが、淳ちゃんに持たせて、二階まで行かせた。北原は大喜びであった。その鉢植えをベッドのそばの台の上へ置き、眼を輝かして喜んだと言う。

しかし、私は大変なことを聞いた。北原はその頃から、体中が痒くなって、いても立ってもいられなくなったと言う。「あっ、それは、あの、漆のひこ生えのせいだ。あの漆にかぶれたのだ」と思ったが、遅かった。どうしよう、どうしたら好いのか。やがて、係の医者に見せたところ、その痒いのは北原の病気のせいで、漆のひこ生えとは、何の関係もないと分かったとき、ほっと一息ついたものであった。私たちは、また、米糠（ぬか）を入れた袋でこすると、痒いのが治まると或る人に聞いたので、その糠袋をいくつも作り、マンションまで届けたりした。

　おかしなこともあるものだ。北原と一緒に暮らしていたとき、私はこんなにまで、北原に対して、喜怒哀楽をともにしたか。別れたあとで、こんなにまで気を使うとは、それが面白いからだろうか。人の家のことだからだろうか。分からない。

　やがて、北原の病気はすっかり治った。那須の家の沢のところに置いてある、北原地蔵を見に行こう、と言って来たことがあった。北原もまた、自分に似た地蔵が、冗談にもせよ、北原地蔵などと呼ばれているのを、面白がっていたのでもあったか。北原夫妻（この頃になると、何と言うこともなく私は、北原とその女との一組を、北原夫妻と思うようになっていた）はもう、那須へ来るために、汽車へ乗ったかな、と思っている頃に、電話がかかって来た。いま、上野まで来たのだが、急に、北原の様子がおかしくなった。残念だけれど、今日、そちらへ行くのは見合わせる、と言うのであった。

　私はがっかりした。北原地蔵を見て、冗談を言い合ったりする愉しさもあったが、何だか、もう、北原は那須へは来られないのではないか、と言う気がしたからであった。

しかし、北原はまた回復した。今度は全く病気から解放されたのでもあったか、多年の念願である巴里行きを思いたち、夫妻揃って出発した。

滞在はほんの僅かであったが、私にも土産だと言って、素敵なマフラーを買って来てくれた。そのマフラーは、いまも私は大切にして持っている。二メートルもある広幅の、薄絹のマフラーで、北原の好きな茶色の濃淡の地色の中に、黒の太い模様を描いた、大胆なデザインで、薄絹であるにも拘らず、幾重にもくしゃくしゃにして、肩にまくと、毛皮をまいたときのような、あたたかい感触があった。

あれは私が、岩国の家を修復するのに、夢中になっているときのことであった。岩国の家には、まだ、電話がなかった。急用のあるときには、薫*の嫁の実家であるこの「新し屋」に取り次いで貰うことにしてあったのであるが、その「新し屋」へ電話がかかって来て、何でも、私たちの極く親しい家の人が死んだので、すぐ帰って来るように、と言うことであった。その電話を私は、どうして、北原の死と結びつけて考えることが出来たであろうか。北原はついこの間、巴里まで行って来たばかりであった。そのために、夢にも北原が死んだのだとは思わなかった。


*千代の継母リュウの息子。異母弟。(編集部注)

宇野千代 Ⅲ 小説を書くということ

私の小説作法

私の小説は、いわば「物語風」とでもいう種類の書き方かも知れない。聴き手があって、その聴き手に向かって、心に浮かんだことを心に浮かんだ順序に従って話をする。一番原始的な、一番古風な方法である。

十年前に書いた「おはん」もこの方法であるし、一昨昨年（さきおととし）の一月から、ときどき新潮へ書いてきた「刺す」の作風も、同じ手法である。私がはっきりと意識して、ものを書き始めたのは、そう古いことではないが、すべて同じ方法によるものばかりを、書くようにしてきたのであった。

私にとっては、この方法が一番書きやすいのである。自分の気持に即して書く、というよりも、自分の体質に即して書いているような、ある自然さが感じられる。なにも構えたところがなく、而（しか）もあますところなく、過不足なく書ける方法。私にとって一番自然な書き方であるといえよう。

私はこれからも、この方法で書く積りである。違った手法を考案する冒険はやらない。それは私にとって冒険ではなく、不自然なことだからである。

この方法の中で、私は自然に、私流の規制を試みてきた。その規制は、だれでもが考えるごく初歩のことであるが、それは聴き手を困らせないということである。語り過ぎないということである。あまり詳しく語り過ぎると、大切なものが消える。その大切なものを露出させてはならない。

昨日「六條ゆきやま紬」という映画を見たが、これは私のしている方法の反対のものであった。雪国の風物の美しさも、少しは節約すべきであると思ったし、繰り返し囁かれる噂話も、人影も、眼も、あの十分の一にして欲しいと思った。人はその持っている能力によって失敗する。

物語の叙述の方法は、主題を説明しないで、聴き手に悟らせることである。物語の人物が悪党であっても、悪党とは書かないこと。また善人であっても、善人とは書かないこと。そうもあろうかと悟らせて始めて、描写というものになる。こんなことはごく初歩的な注意書きで、何も改めていうことではないが。感動は書かれない行間に残るものである。主題は何であっても好い。人殺しの話も、姦通の話も、一羽の鳥の話も、同じ方法で書く。

聴き手というものは、人が思っているほどに馬鹿ではない。耳が聾（つんぼ）になるほど大声にわめく必要はないどころか、ことばにしないことを、そのことだけを察してくれる。人は雄弁も説教も好まない。

しかし、さて、それでは、その隠された手法で、私は何を書くのであろう。物語の、その隠された主題は、それは何であろう。答えられない。答えられないとしか答えられない。画家が絵具でカンバスの上をなすり、またなすっているように、紙の上に鉛筆を走らせ、また走らせている間に、その間に、意識の下にうごめいているものが分かるような気がするが、それが何であるかはいえない。

「世にも幸福な人間とは、やりかけた仕事に基づいてのみ、考えを進めて行く人のことであろう」――アランのことばにしたがって私は書いている。

小説のこしらえ方

いつも私の考えていることであるが、小説と言うものは、事実をそのままに書くのではなくて、或るほんの僅かなことがあって、その、ほんの僅かなことを、伸ばしたり縮めたり膨(ふく)らませたり、いかにもありそうなことに作り替える、そう言う作用をしながら書くのが、面白い方法だと思うものである。小説と言うものは、こしらえて書くものだと思うのである。

しかし、いくらこしらえて書くものであっても、いかにも作りものであることが、見えすいているようでは、いけない。書き方だけではなく、それを書く心の面で、はっきりと一本、筋が通っていなければならない。

あの、私の生涯の間に書いたものの中で、一ばんの名作であると言われている『おはん』を例にとって言うと、よく分かると思うのであるが、あの小説は、私の生まれ故郷である岩国と言う町を背景にして書いたものなのである。確かに、岩国という町を背景にして書いたに過ぎないものであるが、それは、そう言う町が、いかにもありそうに思わせるための、一種の手段であって、あの古手屋とおはんが、初めて会うことになっている臥龍橋と言う橋は、そこにでんと横たわっているのである。

臥龍橋と言う橋は、作り物ではなく、実際に、そこにでんと横たわっていると言うことが、その、「臥龍橋」と言う名前によって、誰にでも、うなずけるような仕組みになっているのである。「臥龍橋」と言う名前は、そう言う二重の面白さを背負っているのである。

それと同じことが「半月庵」と言う料亭の名前にもある。この半月庵は、私の実在の父である放蕩無頼の男が通っていた、実際の料亭の名前であるが、それを小説に書いたときの作者である私は、その半月庵を大名小路という色街におくことにしたのであるが、そう言う小説を面白くこしらえるための仕組みは、至るところに使ってある。

おはんと古手屋が引っ越しの荷物を曳いて、昼なお暗い、首吊り松の見える深い淵の上を歩いて行く。その深い淵のぬめった苔に足を辷らせて、あわや、と言う間に、古手屋はその深い淵に吸い込まれそうになったが、やっとのことで踏みとどまって、深い淵に落ち込まないで済む。「やれ、恐やの恐やの、もう少しのところでお陀仏になるところだったぞ」とおどけて言いながら、再び荷車を曳き出して、ようようのことで引っ越しさきに辿りつく。

その同じ時刻に、九歳になるやならずのわが子の悟が、一刻も早く、己の父、母に会いたさに、篠つく雨の中を駆け抜けて、首吊り松の深い淵の苔の上を走っていたが、あやまって、足を踏み辷らせて深い淵の中へ落ちて了う。

何にも知らないおはんと古手屋は、よもやこの、篠つく雨の中をわが子の悟が駆けて来るとは夢にも思わないで、「この雨の中を悟が来る筈がない。ちょっとここで」と言って、引っ越し荷物の筵の一枚をほどき、その上で仮寝の夢を結んで了うのである。

小説はこしらえたものであるから、どんなに残酷なものであっても、その反対に、哀れ深いものであっても、自由にこしらえられるに違いないのであるから、作者のそのときそのときの感興によって、どのようにでも書けると思うと、面白さが倍加するのである。わが子が深い淵の中に辷り込んだ、その同じ瞬間に、親であるおはんと古手屋とは、引っ越し荷物の筵の一枚をほどいて、その上で、仮寝の夢を結んで了うとは、何と言う残酷なことであろうか。

「あんさん、悟が死にました。あの、いつぞや、あんさんが苔に足とられて、龍江の深い淵に足とられて、落ちそうにならはった、あの、同じところで落ちて、悟は死にました」とおはんに言われたときの古手屋の気持ちは、どんなであったことであろう。

また、悟の四十九日が過ぎて、おはんが家を出て行くときに残した手紙に「何ごとも案じて下さりますな。亡うなりましたあの子供も、死んで両親の切ない心を拭うてしもてくれたのや、と思うてますのでござります。何ごともみな、さきの世の約束ごとでござりますけに、どうぞ案じて下されますな。旦那さままいる。おはんより」とあるのを、どんな気持ちで古手屋は読んだことであろう。

ここら辺りは、作者である私は、残酷な上にも残酷に、と思って書いたものであるが、自分で自分のことを言うのはおかしいが、これが小説と言うもののこしらえ方の極意、とでも言うものかも知れない、と私は思うのである。

宇野千代 Ⅳ 私の人生論

私の特技

その頃私はよく散歩した。散歩するのが自慢で、「昨日は丸ビルから赤坂見附へ出て、青山の家まで、一時間ちょっとで歩いた。」とか、「今日は世田谷の明大前から水道道路へ出て、代々木へ抜けて、青山まで二時間足らずで歩いた。」とか毎日のように自慢した。

考えて見ると、ついこの間までの私の自慢は、「玄米を食べている。」ことだった。人の顔さえ見ると、玄米の効用を説いて、玄米によって私がどんなに無病息災になったか、その自慢をした。

私にとってはこんな種類のことしか自慢する種がなくなったのである。人間は誰でも、人に自慢にする種を発見して、それに頼って生きているようなのだけれど、私の自慢の種が、こう言う種類のことに限定されたとなると、それほど老人になったと言う証拠である。

さて、その自慢の種の散歩で、私は腰の骨を折った。二月三日の豆撒きの晩で、「鬼は外、福は内、」と言って豆を撒き、それから散歩に出た。雪が降っていて道が悪いので、中歯の下駄を穿き、カタコトと言うよりはカッカッと言う足音を立てて、それは勢よく歩き廻ったものである。足に勢がついて停れない。ドスーンと凄い音を立てて、横倒しに転んで了った。

コンクリートの道に雪が降っていて、おまけに夜になってその雪が凍てついて了っていたのだから堪らない。思いきりよく体を打っつけたものである。「やられたな、」と思ったが、不思議に痛くない。平気だと思って歩き出そうとすると、足が立たない。人を呼んで家まで車で運んで貰ったが、レントゲンで診て貰うと、その夜から大ゲサなことになった。

寝台車で病院に運ばれ、下半身にギブスを捲かれ、仰向けのまま、まる二ヵ月間、不動の姿勢で寝ていた。手術の経過は宜かったが、何しろ下半身がピリとも動かせないと言うことは、思いのほか大変なことである。しかし、ここでもまた私は、自慢の種を発見した。ギブスを捲かれて仰向けのまま、不動の姿勢で二ヵ月も寝ていることが、案外平気であったと言うことである。いや、案外平気と言うのは表向きで、内心はどうしてもこうするよりほか仕方がない、と言う事態になったとき、反抗も煩悶もくよくよも一切しないで、するりと与えられた境遇に這入り込むのである。くよくよしても反抗しても仕方がないから、と思って、いやいや這入り込むのではなく、するりとそのまま這入り込むのである。

これは私の特技で、今度のことに限らず、何でも、困ったな、と思うような状態になったときに、まるで待ち構えていたように、一瞬間にさっとその中へ飛び込むのである。

病気ではないが、私は二度も破産したことがある。そのときにも同じことで、これしか生きて行く道がない、と言う最低の場所へ、するりと平気で這入り込む。「まァ、どうしてらっしゃるのかと思って、とても心配してたのに、まるで、」と呆れ返られるくらいに、他人の眼には窮状を愉しんでいるのかと思われるような様子をしていると言うのである。

しかし考えてみると、やりきれない状態と言うものは、その当人がやりきれないと思う分量が多ければ多いほど、やりきれない形になる。平気でいれば或る程度、平気になれるものである。これくらい平気になれた、と自分で自分に自慢するのが、暮し方のコツではないかと思う。

さて、私の腰の骨はレントゲンで診ると、やっとくっついた。いや、くっつきそうになった。手術して四ヵ月経ったこの頃、そろそろ松葉杖で歩くことを始めた。テレビでこの間、松葉杖で歩いているエノケンの姿を見たが、何と言う巧さ、何と言う速さかと呆れる。同じ松葉杖でも、私のよたよたとは雲泥の相違である。「いや、あんなに上手になる必要はないですよ。骨がつきさえしたら、杖は外して歩くんですから、」と言われたが、それにしても体のこなし具合が、根本的に違うのだと思う。

ながい間下半身をギブスで捲いていたお蔭で、膝の関節がコチコチになっていて曲らない。足が文字通り骨と皮だけになっているので、折れた骨がくっつきそうになっていても、上体を支えるだけの力が全くなくなっている。そう言う状態の体力で、まず這い、起ち、それから歩き始めたのであるが、私はそこで思いもかけないことを発見した。私がいまやっていることは、生後何ヵ月かの赤ん坊の時代に、そっくりそのままやっていたことではないか。然も赤ん坊のときには全部それを無意識の状態で、自然の力でやったのに、いまこの老齢になって、起つとはどうすることであったか、歩くとはどうすることであったか、まず頭で運動の順序を考えてから、コトコトと歩く。そのことは私を吃驚させて了った。

人間は体をつかってやることは総て忘れる。たった四ヵ月の間寝たきりでいて、這う習慣も起つ習慣も歩く習慣も失って了うと、前にはどうして起っていたか、どうして歩いていたか、まるで分らなくなるから不思議である。体をつかって行動したことの感覚は、総て感覚的には忘れる。多分、その感覚の記憶が、記憶として残っているだけなのだと気がついて、私は実にがっかりすると同時に、人間が生きて行く不思議な働きに、改めて吃驚する。

ほんとうに忘れたくないと思うことは、朝も晩も今日も明日も続けてすることだ。手足をちょっとでも休めると、前にはどうしてやっていたのか、その感覚を忘れる。仕事でも、恋愛でも、運動でも、その他のどんな事でも、手足を休めると前のことは忘れる。私は四ヵ月寝た間に、そんなことを考えた。

うまいものも、それを食べなくなると味を忘れる。「私は決して忘れない。」と思うのは錯覚である。ただ、感覚的な記憶が残っているのに過ぎない。

やれやれ、私がまた前のように、自慢の散歩が出来るようになるのは、たぶん九月になってからだろう。しかし、私はそれでじれったいとも考えず、毎日コト、コト、と松葉杖の稽古をしている。

信じる

物事を信じる力とは何であろう。現代の人は信じることが嫌いである。何事でも、まず疑う。疑って見ることが、知恵のある人間の、最初の行動であると思っているからである。私は三、四日前、生れて初めて競馬を見に行った。いま書いているものの中に、競馬場の風景がある。競馬と言うものを全く見たことがなかったので、人に頼んで連れて行ってもらった。馬が並んで駆け出し、勝負を争う単純明快な風景は、健康で気持が好い。ふと、そこの勝負の場から眼を転じて、周囲の人たちを見ると、これは単純明快ではない。

馬券を買って、すった人。ほとんどの人がこの部類にはいるが、まだ勝負の決らない間も、当るか当らないか、ただ手をつかねて当ることを待っている顔。馬場の全風景がこの顔で埋まっている。私はマージャンが好きで、自分もやるので、この競馬場の顔つきは知っている。相手たちもまた私も、確かにこの顔をしていると思うからである。これだ！と言う根底のある信じ方ではなく、一か八かを待つ顔は、残念ながら、美しい顔とは言えない。その美しくない顔が、幾千幾万とひしめいている風景は物悲しいと思った。
「信じられない」と口癖のように言う人がいる。信じられないことが自慢なのである。
「自信がない」と言う人も多い。そう言う表現が気に入っているのである。

このごろ私は、谷崎潤一郎全集と言う新しく出来た全集を熟読しているが、谷崎潤一郎と言う作家の作品を、ごく初期のものから順を追って、実に克明に編集してあるので、読み進んで行くにつれて、ある異様な感動を覚えたものである。第一巻あたりに収録してあるごく初期の作品など、その幼稚さ、野暮ったさ、バカバカしさに、これが大谷崎と言われた人の作品だったのか、と驚きあきれない人はあるまいと思われると同時に、これらの作品の中にひそんでいる、何と言ったら好いのか、自己の能力を恃(たの)むある強い気持を感じ取らずにはいられないだろう、と思ったものである。

この「自己を信じる」気持は、全谷崎作品を貫いて感じさせる、強烈な印象である。ごく初期のあのバカバカしい作品の中にも、これがある。この気持は作者をとらえて離さない。これが、この気持が、中期、後期のあの輝かしい傑作を生む唯一最大の原因と私には思われて、異常な感動にとらえられたのであった。

半年くらい前に、あるデパートで催された谷崎潤一郎展と言うのを見たときにも、生涯に書かれたほとんど全作品の原稿が美々しく整理され、挿絵、写真その他のものまで、丹精こめて集めてあるのを見たときにも、私は一種の感慨をもったもので、「これは一種、私たちとは違った人間である。自分の書いた紙一枚でも大切にしようとする心。これが私たちには全くない。これは何か」と思ったものであったが、この全集を始めから読み進んで行くにつれて、それは何か、始めてわかったような気がした。自信などと言う生半可(なまはんか)なものではない。自己の持っているものを、神を信じるような念力を持って信仰した人。それが谷崎潤一郎だと思った。

人はおかしいと思うかも知れないが、この二、三日、私の頭はこのことで一ぱいになった。もう七十歳にもなって、気がついても遅いと言われるかも知れないが、私にも、この私自身にさえも、ほんのちょっぴりの才能があるはずだとしたら、それを恃む気持に、なぜならないのか。あの競馬場で見た、一か八かの、あの虚しい、美しくない顔つきで、生涯を終るのはいやだ、と私もまた思ったからである。

手押し車

私のように老人になると、知り人にも老人が多い。そのために、葬式とか法事とかに行かなければならないことが多く、また、その娘や息子が結婚すると言うので、その結婚式にも行かなければならない。ちょうど、そう言う年齢だな、と思いながら、私はどうも、この結婚式が苦手である。結婚式に行くと、必ず祝辞を述べさせられる。この祝辞が、苦手の中でも最大の苦手である。そこであるとき、思わず、こんな祝辞を述べることになった。

「私はどうも、結婚式と言うのが苦手です。こんな席に立って、お目出とう、と言ったりするのが、一番、苦手なのです。どうも私は、こんな結婚式なぞに出席するのが、一番不似合いな人間ではないか、と思うからです。みなさんもご存じのように、私は、結婚と言う学校の落第生だからです。四回も落第しました。こんな念入りな落第生がお目出とう、などと言うのは、何だか可笑しいと思うからです。

いいえ、落第したから、どうかあなた方は落第しないようになさい、と言えるのですが、この、落第しないようにすると言うことが、ちょっと口で言うほど、生易しいことではないのです。私も四回も落第したのですから、あ、また、ここで落第するな、と言うことが、勘で分かるのです。ここだ、この曲がり角で引っ返さなければ、と言うことが分かっているのに、やっぱり引っ返さないで、そのまま突き進んでしまうのです。

私の結婚生活は、いつでもここでおしまいになりました。この時期が来るまでは、私は相手に対して持っている、自分の恋愛感情のままに行動すればよかったのですけれど、ここまで来ると、単に恋愛感情だけではない、男と女との間にもあるに違いない、何と言うのでしょうね、真の意味での友情、とでも言うものがなければ、その生活を続けて行くことが出来ない。それが私にはなかった、とでも言うのでしょうか。しかし結婚式の当日にはもちろん、だれでも、私たち二人の間にはそう言う友情がある、と確信するものです。どうか、落第生の私のこの感想が、お若いお二人のある時期に、ご参考になりましたら、仕合わせです。」

これではお祝いを言うのか、ケチをつけるのか分からないではないか。

私の青山の家から露地を曲がって、青山の大通りへ出るまでに、長者町と言う狭い町筋がある。このことは、「雨の音」と言う小説の中にも書いたが、いつでも、この町筋を、手押し車にお婆ちゃんを乗せて、あとから押して行くお爺ちゃんがある。

どちらも、七十を大分過ぎた、ちょうど、いまの私と同じくらいの齢恰好であるが、お婆ちゃんは、そうしてお爺ちゃんに押してもらうのが、いかにもうれしい、と言う顔つきをしていて、そしてまたお爺ちゃんも、車を押すのが、そう可厭ではない、と言う顔つきをしていて、つまり、その有様が、行き来の人の眼にも、いかにも仕合わせそうに見えるのである。お婆ちゃんは足が悪いのかも知れない。片っ方の足だけに、何か、赤い毛糸で編んだようなものを巻いている。その恰好のまま、この二人づれは、スーパーにもはいって行って、お爺ちゃんが、「お婆ちゃん、どっちを買うかい？」と相談したりする。名物の夫婦連れである。

私はこの二人を見るたびに、勝手に考える。「ながい間、飽きもせずに一緒に暮らして来た夫婦なのだなァ」と、そう思う。お婆ちゃんが片っ方の足だけに、赤いものを巻いたりしていても、お爺ちゃんには気にならない。それどころか、お婆ちゃんが足腰立たないと言うことも、気にならない。また、そのお婆ちゃんの方も、自分が足腰立たないと言うことが気にならない。お爺ちゃんに押してもらわなければ、外へ出られない、と言うことも気にならない。それどころか、お爺ちゃんにそうして車を押させている、と言うことも気にならない。こう言う形が、理想的な夫婦と言うものではないのか、とそう私は考えるのである。

こんなにながい間、一緒に暮らしていると言うことは、ある男の小説家の意見によると、どんなことがあっても、細君を捨てない、と言うことだそうである。私のような女の側から言うと、どんなことがあっても、辛抱する、と言うことである。

このことは、あの、私の落第した瞬間のことを考えて見ると、すぐ分かる。私は辛抱するどころか、さっとその席から退いてしまう。間髪を容れず、身をひるがえして、その席から退いてしまう。

私はこの、自分の行動の素早さが、何であったか、と、ずうっと後になって、いや、この結婚式の祝辞を述べるときになって、いつでも思い出す。私が退席する瞬間は、自分の相手に対して持っていた私の恋愛感情が、きれてしまう、ぎりぎりの瞬間なのであるが、ちょうどそのとき、相手もまた、私に対する恋愛感情が、きれてしまう、ぎりぎりの瞬間なのである。分かりやすい言葉で言うと、私たちはどちらも、その生活に飽きてしまったのである。

おかしいことではないか。真の結婚生活が、やっとここから始まる、と言うのに。ここで始まって、次第に、深い、友情の世界へはいって行くと言うのに。ここで、気持ちの持ち方を、すっかり変えて行かなければならない、と言うのに。私の経験にはないことであるが、それからさきは、たぶん、とても広々した、考えようによっては気の楽な、のびのびした世界が開けているに違いないと言うのに。

日暮れになって、街を歩いていると、どこの家でも、窓に灯りがともっている。あそこにも、生活があるのだな、と私は考える。それらの家の人々は、みんな、よく辛抱して生活している人々なのだな、と私は改めて、そう考えるのである。

花咲婆さんになりたい

私はいつでも、風呂から上がると、ちょっとの間、鏡の前に立って、自分の裸の体を見る。タオルを前に当てて、少し腰をひねるように曲げて、立っている。湯上がりの体は、ぽっと赧らんだ肌をしている。「似てる」と思う。ボッチチェリのヴィーナスの画に似ている、と思う。足もとに貝殻がないだけで、ポーズが似ている。ほんの少し、膨らんだ腹の形も、ちょっと爪さきの開いた足の形も似ている。こう書くと、それはながい間、自分の体に見惚れているように聞こえるが、そうではない。ただ、似てる、と思うだけで、すぐに着物を着てしまう。

しかし、私は、自分の裸の体がボッチチェリのヴィーナスのようだと、しんから思う訳ではない。七十をとうに越している自分の体が、ヴィーナスのようである筈がない。ひょっとしたら、肌にも斑点があるかも知れないし、肉の落ちているところもある。しかし、私はもう老眼で、眼の前のものが、はっきりとは見えない。その上、湯気の中で、見るものがぼうっとしている。私は、その、よくは見えない自分の眼のことも、幸福の一つに数える。

私はいまから十年前に、『幸福』という題で、こう言う書き出しの小説を書いたことがある。「何だって。自分の裸の体が、ボッチチェリのヴィーナスに似てるって」と、おおぜいの人から笑われた。しかし、笑われながら、この小説は、第十回女流文学賞を受け、それがもとで、その翌年、第二十八回芸術院賞を受賞し、のちに芸術院会員となる素因を作った。幸福とは何か、と言う問いかけに答えるものの片鱗が、何かあったのか。

人が聞いたら、吹き出して笑って了うようなことでも、その中に、一かけらの幸福でも含まれているとしたら、その一かけらの幸福を自分の体のぐるりに張りめぐらして、私は生きて行く。幸福のかけらは、幾つでもある。ただ、それを見つけ出すことが上手な人と、下手な人とがある。幸福とは、人が生きて行く力のもとになることだ、と私は思っているけれど、世の中には、幸福になるのが嫌いな人がいる。不幸でないと、落ち着かない人がいる。「まあ、聞いて下さい。私はこんなに不仕合わせなのよ」と話す人がいる。私はそう言う人の話を聞くのが、苦手である。聞いている間に、その人の不幸が伝染して、私まで、不幸になるような気がするからである。

これは、私が、利己主義者で、人の不幸に無関心でいたいからでは決してない。その人の不幸は、実はほんとうの不幸ではない。不幸だ、とその人が思っているだけのことだからである。無意味に人の不幸に感染するのは、利口なことではない。紙一重の違いであるように見えて、この二つの間には、実に大きな違いがある。

幸福も不幸も、ひょっとしたら、その人自身が作るものではないのか。そして、その上に、人の心に忽ち伝染するものではないのか。とすると、自分にも他人にも、幸福だけを伝染させて、生きて行こう、と私は思う。那須の家の庭に、苔が生えたのを見ても、幸福である。いま、すれ違っていった人の笑顔を見たのも幸福である。幸福は忽ち伝染して、次の幸福を生む。自然に生む。これは誰でも、自分の気持ちを自然に考えると、思い当たることである。

私は八十四歳になって、始めてテレビに出た。それまでは、テレビに出るのが可厭であった。「出て下さい」と言われると、尻ごみした。何故か、と訊かれると、答えるのに気が引ける。まず、第一に、八十四歳になった私の顔が、あの、精巧なテレビカメラを通して、見るに堪えられるか。次には、出演者の誰でもが、何の抵抗もなく自分のことをぺらぺらとしゃべっているのに、私にあんな芸当が出来るか。私はいつでも尻ごみし、出演を拒否した。拒否したことは出来ないことである。そして私は、あの、テレビ嫌いの心境に安住した。

或るときのことであった。私のうちへ十年も遊びに来ていて、仲の好い友だちになっていたNHKの樋口礼子さんに、つい、誘われて、私の那須の家の庭でなら、と言うことになり、河路勝(かわじまさる)、伊集院礼子の両アナウンサーと向かい合い、自分の家の庭の、雑木の緑の色につい気がゆるんで、あの、テレビ嫌いの心境を破って了ったのであった。あの気持ちを何と言ったら好いのか。尻ごみが消えて了ったあの瞬間の気持ちは、やはり、幸福と言うのであったか。私は安堵して、那須の家の緑の中に溶け込んで行ったのであったか。

同じように、前から話のあった「徹子の部屋」から、また言って来た。私の気持ちからは、もう、尻ごみが消えていた。私は半分は心配して、半分はいそいそと「徹子の部屋」へ出た。そして、忽ち、あの「しゃべらせ上手」の黒柳徹子の口車に乗せられて、つい、尾崎士郎、東郷青児、北原武夫の誰彼と寝たことまで、しゃべって了ったのであった。「あたし、あんなに、寝た寝たと、まるで昼寝でもしたように、お話しになる方と、始めてお会いしましたわ」とあとで、徹子が大笑いして言ったほどであった。

このときも私は、自分がそんなに明るい気持ちで、自分の気持ちをしゃべれたことが、やはり幸福であった。幸福は伝染する。そのときのテレビも、その私の幸福が伝染してか、「とても面白かったわ」と人々から言われたものであった。

人間同士のつき合いは、この心の伝染、心の反射が全部である。何を好んで、不幸な気持ちの伝染、不幸な気持ちの反射を願うものがあるか。幸福は幸福を呼ぶ。幸福は自分の心にも反射するが、また、多くの人々の心にも反射する。

むかしの話に、花咲爺さんと言うものがある。一人の、頭に頭巾を冠(かぶ)った、人の好さそうなお爺さんが、木の上に登って、その木の上から、ぱっぱ、ぱっぱと幸福みたいな花をばらまいている絵を、私たちは子供のときから見馴れている。あれはただ、花咲爺さんばかりであろうか。花咲爺さんと言うものがあるとしたら、もう一つ、花咲婆さんと言うものも、あっても好いのではないか。

片手に大きな笊のようなものを抱えて、木に登り、その笊の中一ぱいに詰めてある「幸福」を、片手の中に一ぱいに摑んで、まるで花でも咲かせるように、ぱっぱ、ぱっぱと木の上からばらまく、花咲婆さんと言うものがあるとしたら、私はその、花咲婆さんになりたい、と、いつでも冗談に言っていたが、実は冗談ではなく、本気でそう思っているのである。頭に頭巾を冠って、赤いちゃんちゃんこを着た花咲婆さん。そう言うものがあるとしたら、ぜひともそれになりたい。私はまるで現実の世界に、自分がそうなってでもいるように、ありありと、そう言う姿をした自分自身の有り様を思い描く。私は木の上にまたがっている。片手に大きな笊を抱えて、その笊の中には一ぱいに、「幸福」が詰め込んであって、私はその幸福を、まるで花でも咲かせるように、ぱっぱ、ぱっぱと木の上からばらまくのである。ああ、そのときの私の心の中にも新しく生まれ出た「幸福」の気持ちの有り難さ。

私はもう、花咲婆さんになり切っている。私の抱えている笊の中一ぱいに、「幸福」の花が詰め込んであるからだ。たったいままで、枯れ枝のままであったかも知れないその木は、忽ち、幸福の花が咲いて、眼も眩いほどの花盛りになったからだ。
私はもう、花咲婆さんになり切っている。

最短距離に縮めて

或るとき面白半分に、宇野千代全集第十二巻の付録についている、自分の年譜をぱらぱらと読んでいる中（うち）に、つい、引き込まれて、最後まで読んで了った。自分の年譜ではなく、宛（あたか）も他人の年譜ででもあるように、客観的に読んだのが面白かった。

ところが、或るところまで来て、「東郷青児と一緒に来て、そのまま、その家に同棲」と言うところまで来ると、確かにそれは、この生身の、自分のしたことである、と思うと、ぐさっと、刀ででも突き刺されたような気がしたから、不思議である。生身の自分がしたことで、はっきりと自分の身に覚えのあることは、いつまで経っても、過去にもならず、客観的に見ることも出来ないのであろうか。年譜と言うものが、こう言う働きをするものだとは、私は思わなかったが、いつでも、自分はこう言うものだ、と言うことを知っていたかったら、ときには年譜を見ることである。

年譜によると私は、誰と一緒になるときにも、誰と別れるときにでも、眼にもとまらぬくらい、その行動は素早いのであった。そして、その素早いと言うことが、いかにも自然なのであった。一緒になったのが嬉しいとか、別れが悲しかったとか、そう言う感覚はなかったのか、と思われるほど、それは素早いのであった。

人の一生には、凡ゆることがある。その一生にあるありと凡ゆることを、私は最短距離に縮めて、行動したのかと思われるほど、それは素早かった。いま、満八十八歳になっている私は、これから先、何をすることがあるのか、と思われるのであるが、たぶん、満百歳になるまでも、同じ速度で行動することを私は止めないであろう。

どこまで行きつけるか、見本があるとしたら、私がその見本になりたい。そして、それがどんな見本であっても、誰にでも、何らかの参考になれるような見本になりたい。そこでこれを私の最後の年譜にしたいのである。

まだ恋愛をするか

おかしなことがあるものだが、私のところへ来る客の一人々々が、まるで判で押したように、「先生はもう、恋愛はなさらないのですか」と訊くのである。たぶん、それらの人たちは、「この先生は、もう恋愛なんかしないのだ」と思っているらしいのである。「ははははは、恋愛なんか、しないように見えますか、しかし、私でも恋愛はしてますよ」と答えると、「まあ、してらっしゃるのですか」と吃驚したように言うのである。私は笑って、「あなたはきっと、私がもう老年だから、恋愛なんかしないに違いない、と思い込んでいるのだと思いますが、どっこい私は、その恋愛をしてるんですよ。人間はいくつになっても、恋愛をしてはいけない、と言うことはありません。それどころか、恋愛感情の枯渇している人は、もう、人間をやめているのだ、とは思いませんか。私はいまでも、あの人は好きだなあ、と思う人があります。その人の前に出ると、ぽうっと、胸が膨らむような気持ちになるのです。まるで、若かった娘の頃が、もう一ぺん、戻って来たような気持ちで、自分でもおかしくなるのです」。私はここでちょっと話を切った。

「でも、二、三年前には、庭に苔を集めるのに夢中になったり、野仏を集めたりして、恋愛の対象を、人間ではない、ほかのものに向けていたのです。ところが、去年あたりから、庭に苔を集めたり、野仏を集めたりして、好きだと思うものを、人間ではない、ほかのものに向けているのは、まだ早い。自分には、まだまだ、人を好きになる気持ちが、つまり、恋愛感情みたいな気持ちが、だいぶん残っているようなことを発見して、自分でも、これは気がつかなかったなあ、と思い、面白いことに思い始めたのですよ。人間をやめることは、百歳くらいになってからでも、遅過ぎない、と言うのが、現在の私の心境なのですよ。おかしいとお思いですか」と、私は真顔になって、話を締め括ったものであった。

結婚生活には愛情の交通整理が必要である

結婚して、もう二十五年にもなる間には、誰でも、その二十五年の生活の間に、きっと感じたであろう最初の情熱を、忘れて了うものではないか、と私は思うのです。しかし、その長い、平凡な結婚生活の間には、最初に感じたであろう情熱を忘れて了ったからと言って、それはご主人のせいでもないし、また、あなたのせいでもない、と私は思うのです。

私は敢えて言うけれども、結婚生活は恋愛生活ではない。恋愛は冷めるけれど、その代わりに、もっと底の深い愛情が拡がる。動物的オスとメスの感情のほかに、もっと深い愛情が続く。

結婚生活中にときどき訪れる他の人間を相手にする大小の浮気は、お互いに黙殺すること。どうしても黙殺出来ない、というガンコな考えの人だけが、私が三回も四回もしたように、そのたびに離婚をすることである。

結婚して幾年、いや幾月かすると、恋愛の熱度がだんだんに冷めて来る。これは神さまにお祈りしても、冷めて来るのが自然なのだから仕方がない。

相手だけが冷めて来るのか。これは不思議なことだけれども、どっちが早いか分からないが、相手が冷めたな、と思うときには、自分では決してそうとは思いたくなくても、こっちも少うし冷めて来る。

相手が浮気をするときには、こっちも期せずして浮気をしているか、もしくは浮気したいなァと思っているのである。

自分だけは決して浮気はしない、と断言出来る人はあると思う。しかし浮気して見たいなァと思ったこともない、と断言出来る人があるだろうか。

男が女に、或いは女が男に対して感動する気持ちを、大なり小なり恋愛と名づけるとすると、お互いに気持ちは絶えず流動する。

同じ相手に対して同じ熱度を持続することは出来ない。恋愛は風のように忍び込むからである。

しかも不便なことに、自分が他の男に気持ちを囚われているときでも、自分の良人(おっと)の情事には平気でヤキモチをやくことがある。

ヤキモチで気持ちがこんがらがって、整理がつかない。私が冗談に、「愛の交通整理」

と名前をつけていることは、お互いに「一方通行」を守ることである。自分もする、または自分もした、または自分もああいう場合にはああしそうだ、と観念して、相手の通行を黙認することである。

手を拡げて、通せん坊をしたい、とどんなに思うか分からない。しかし、通せん坊をした者は、交通整理の規則に違反する。

よく聞くことだけれど、「私の方だけは、決して浮気はしないのだから、彼には決して浮気はさせない」と言う人がある。

私はこういう言葉を聞くたびに、何だか分からない悲しい気持ちになる。

私はこういう人に対して、ごく自然に感情の動きに耳を傾けてごらんなさい、と言いたい気持ちになる。そして出来ることなら、ちょっとだけ、浮気をさせてあげたい。

浮気をするということは決して好いことではない。

しかし、悲しいことに私は浮気を一度もしないと断言する人には、相手の気持ちが分からない。こういうときにはこういう気持ちになる、ということが分からない。

浮気という決して好いことではないことをして見て、初めて人の気持ちが分かる。ああいうときにはああいう気持ちになる、という恋愛のコースが分かる。曲がり角も分かるし、行きつくところも分かる。

泣いたり騒いだりして、やっぱりこっちへ戻って来る帰り道まで分かって来る。嬉しいこともあるけれど、げっそりしてつまらないなァ、と思うこともあるということが分かって来る。その分かって来ることが、悲しいことに、自分も浮気をして見ないと分からないのだから、困ったものである。

悪いことも出来る人が、人の気持ちがよく分かる。私は決して浮気しない、といばって言う人には、人の気持ちは分からない。

風もなく散る木の葉のように

先日、ＮＨＫの方たちが家にみえたとき、三十四歳だという男性アナウンサーさんが雑談に、実は私、近々自分の頭を輪切りにして見てみることになっているんです、とおっしゃったのです。どういうことかと思ったら、信濃町の慶応病院がＣＴスキャンという便利な装置を持っていて、それを使えば体じゅうどの部分も断層写真を撮って調べることが出来るというのです。それを聞いて私は即座に、私もその検査を受けてみたい、と申し上げました。

大概の人は、病気でもないのに頭の中をのぞき見されるのは御免だ、とおっしゃるそうです。もしそれで、ボケの徴候でも発見されたりしたら、と心配で可厭がるのでしょうね。けれども、私には大いに興味がありました。もうじき卒寿を迎えようとしている私が、科学の進歩を身をもって体験できるのなら面白いチャンスですし、頭のめぐりが少しのろくなったかも知れないのでボケているかどうか見たいな、とも思ったのです。好奇心は私のとりえです。

当日、私の眼の前に置かれた受像機の画面に、断層写真になった私の頭の中が色刷りで映し出されたのにはびっくりしました。画面を見ながら説明して下さった慶応病院の先生によると、私の頭は年齢相応にちぢんではいるけれど、脳の中の血の流れは若い人と同じように良好だし、おでこの辺り、つまり小説を書くための部分は大層しっかりしている、とのことでした。

結果を聞くまでは何だか怖ろしいようでドキドキしていたのに、すぐに嬉しい気持ちになってしまうのだから横着なものです。原稿用紙も好みに合うものをたくさん作って用意してあるのだし、創作意欲を大いにわかせて、少なくともひと月最低五十枚書く努力をしよう、百歳になってこんなものを書いたのかと、後世の人を驚かすような作品を書こう、という具合で、百歳になったらまたこの検査をしてもらいに来ます、と宣言して帰って来たのでした。実際、それから二日間で、ある雑誌との約束だった短篇を仕上げてしまいましたもの。

こんな調子ですから、私にはストレスというものが全くないのです。十何年か前にもこんなことがありました。どうもお腹の具合が悪くて医者に診てもらったところ、胃にポリープができているが、どうするか、という診断でした。気になるものを気にして暮らすより、と私は思い、喜びいさんで虎の門病院に入院しました。まるで、子供の時分に遠足に行くのと同じ気分でした。入院中、ばったり今東光と出会いました。ふたりとも車の付いた寝台に寝かされて、エレベーターに乗るところでした。「あら、昔の恋人が変なところで会ったわね」と私は冗談を言いましたが、私は手術もせずに退院して行きましたが、私はこのとき胃を五分の三切りとりました。今は本当はあれは、ポリープではなくてガンだったんですよ、と伝えられたのは、ほんの数年前のことだったと思います。

私の掌（てのひら）には生命線が二本あって、あなたは二百歳まで生きますね、と占ってくれる人がいるのを面白がっています。この夏、妹が八十一で亡くなって兄妹はひとりもいなくなりました。文士が集ったことで有名な本郷菊富士ホテル跡の石碑に刻まれた名前のなかでも、生きているのは私だけです。まさに、私ひとりが生きている、といった風ですけれども、もちろん人間、一遍は死ぬのです。戒名は十年前から用意してあります。お墓も頼んでありますので、いつ死んでもいい準備は整えてあるのです。ですけれど、それでもなお私は、私が死なないような気もするのです。

私の故郷、周防（すおう）の国岩国は竹藪（たけやぶ）の多いところです。私の生家にも竹藪があり、ですから竹藪には特別の印象が残っています。あれは私が九歳のときのことでした。ある風の強い晩、裏の竹藪からざわざわと、竹の笹の鳴る音が聞こえて来たのです。

「笹が鳴っている――。もし、私が死んだら、もうあの笹の鳴る音は聞こえなくなる」

人間は必ず死ぬものなのだ、ということを、このときふと感じたのです。子供のときというのは、感じやすい時期ですからね。そう思った途端、死というものに対する恐怖が、ぞっと私の背中を吹き抜けました。九歳の子供の心に、死を恐れる人間最初の恐怖が、すっと吹き抜けたのでした。

ところが、あの瞬間から今日の今日まで、再びあの同じ恐怖が襲って来る気配も感じられないのは、思えば不思議なことです。九歳のあのとき、死への恐怖はどこかへ抜けて行ってしまったのかも知れません。

それというのも、代々酒造りをいとなむ旧家であった家を早くから離れ、ついに定職を持たずに死んだ、放蕩無頼の父に、私は育てられたのです。その半狂人の父が命じたことは、それがどんなに無理なことでも、残酷なことでも、理屈なしに、そのまま服従しました。

父と私との間に、会話はありませんでした。ただ父の命令があるばかりです。私は主君に伺候(しこう)する士(さむらい)のように、短時間で命ぜられたことを果たしました。そんな経験が私に、どんなときでも、どんなことでも、辛い、苦しいこととは思わず、愉しい、面白いと思うことの出来る習慣をつくってくれたのでしょう。

あの愛してやまぬ、半狂人の父親がつぎつぎに発したとんでもない教訓のすべてを、フラスコの中に入れてアルコールランプで熱すれば、ある純度の気体が出来上がる、と想像したこともあるのです。この気体の中にいると、私は不幸だ、ましてや、死というものは恐ろしい、と感覚する瞬間が皆無なのです。皆無である、と断言するのが肝要なのでしょう。

もう一遍、子供時代を過ごさねばならないとしたなら、私はもう一度、あの父親に育てられたいと思うほどです。

こうして私は、自分自身を裏切ることもなく、無理をせずに生きて来ました。そしてこれからも、同じようにして生きて行くと思うのです。ですから、山から滑り落ちるような事故に遭えば別ですけれど、寿命にさからう必要もないのです。

人生百二十五年という説があります。この人生百二十五年説を私は、二十五年ほど前にお目にかかった中村天風（てんぷう）先生から教わりました。大正年間（一九一二年〜二六年）に、単身インドに渡り日本人にして初のヨガ直伝者になった天風先生と、もっともっと前に知ることが出来ていたならと、私はこれだけは悔やまれてなりません。その天風先生がおっしゃるには、人間、オギャーと生まれてから、心身がすっかり伸びきるまで、二十五年かかる、そしてその五倍、すなわち百二十五年が人間の寿命である、ということなのです。この人生百二十五年という説は、医学の方面からみても、充分に納得の行く理論なのだということも聞いています。とするなら、私はもう後三十五年、生きていなければならないことになるのです。

「人間は何事も自分の考えた通りになる。自分の自分に与えた暗示の通りになる」

ある夜、天風先生がそう言われたのです。

「出来ないと思うものは出来ない。出来ると信念することは、どんなことでも出来る」

『おはん』以来十七、八年の間、ぴたりと一行も書けなかった私が、ひょっとしたら、私は書けるのではあるまいか、そう思った途端に書けるようになりました。失恋すると思うから失恋するのだ。そう確信したときから、私は蘇生したように書き始めたのです。

ボケて生きるのは死んだのと同じだと、私は思います。私は自分がボケるなぞとは思えないのです。ボケないと思えば決してボケることはないのです。

そして私は、後三十五年の人生を、存分に生きるだけ生きて行くでしょう。その先のことは知りません。それが寿命なのですから。寿命の尽きた日、秋になって風もないのに木の葉がポトリと落ちるように死んで行く私であると、私には思われるのです。

大庭みな子　I　結婚は解放だった

幸福な夫婦

幸福な結婚とはいつでも離婚できる状態でありながら、離婚したくない状態である。夫にすがりつく以外に生きられない女は夫を束縛してうるさがられるか、夫に憐れまれるかどちらかである。妻に去られることを怖れているような男はたいていは魅力がない。独りで生きなければならない場合を常に予期しながら、現在の慰め合える状態を尊いものに思うのが結婚生活を幸福にする方法である。

結婚と離婚と再婚が、大変簡単にできる世の中でも一人の男と、あるいは女とずっと結婚していたいと思うような夫婦が幸せなのである。フリーセックスが日常化した状態でも、同棲していたいと思うような男女は幸せなのである。配偶者の選択は結婚前も結婚後もいつでも自由にできるほうがよい。結婚は常に危機にさらされているべきである。危機にさらされた状態で、持ちこたえ、安心を確かめ合うのがよい。

結婚は友情よりも苛酷で、友情よりも肉親化したものである。結婚における友情は必要条件であるが、十分条件ではない。恋人を友人にするのは簡単だが、魅力のある妻や夫にするには時間がかかる。夫の魅力は妻によって育てられ、妻の魅力は夫によって育てられるものである。二十年間結婚していてもつまらない男の妻は、つまらない女である場合が多いし、長い間結婚していて魅力のある男は魅力のある妻を持っているものである。もちろん、いろんな事情で離婚できなかった夫婦の場合は別だ。だから、立派な男がつまらない女を妻にしているのや、魅力のある女がつまらない男を夫にしているのを見るのは哀しいものだ。その人たちはひどく不運か、怠け者だったために、人生を半分しか生きられなかった人たちだ。そして、結局は、昔は持っていた魅力をすっかりすり減らしてつまらない人間になって死ぬ場合が多い。

夫が妻以外の女に興味を持ったり、妻が夫以外の男に興味を持ったりするのは少しも悪いことではない。ごく自然なことである。だから、そういうことはかくし合わないほうがよい。同情やとりつくろいは編目をぐさぐさにし、ひきつらせるだけだ。配偶者に恋人ができたとき、できることは、自由な選択の中で再び自分を選ばせるようにしむけることだけである。それをしもしない男や女は離婚されても仕方がない。競争者とは全力をあげて闘うのがよい。だが、そうしても負ける場合もある。感傷的な義理人情は結局結婚を幸福にしないし、確実なものはほんとうの力だけである。そういう場合は諦めて他の相応しい配偶者を選ぶことに専心したほうがよい。人生はどっちみち苛酷なものである。自分以外

の男たちが誰も相手にしない女を妻にしていても、自分以外の女たちの誰も見向きもしな
い男を夫にしていても幸せなものではない。鑑識眼があって値打の出る石を拾いあげた場
合は、磨きあげた美しい光をみせびらかす愉しみがある。何れにしても配偶者の人間的な
魅力を創り出す仕事は人生でかなり大きな比重を占める。そういう仕事に興味を抱けない
人の結婚は不幸で失敗だったのである。だからなるべく早く離婚したほうがよい。
ほんとうに心から欲しいと思わない限り、子供はつくらないほうがよい。少なくとも、先にあげたような幸福な結婚の予想がつかないうちはさし控えたほうがよい。協力して子供を育てることに双方が積極的に同意した状態で子供を持つのが理想的である。何となく子供が出来てしまった状態はいつも危機にさらされていると覚悟しているほうがよい。

双方が決心して子供を持ったとき以外は法律的な結婚はまったく無いほうがよいかもしれない。だがその場合、すべての人にとって結婚制度がなくなるのでない限り、不公平だと思う人もあるだろうから、現在の状態では自分や相手をいたわりたいと思う人は結婚してしまう。だが、結婚の本質的な意味は法律とはまったく無関係なのだ、ということを知っていたほうがよい。ところが、実際には結婚は法律だと思っている人が多いのにびっくりすることがある。法律的に結婚した夫婦間ではしかじかこうこうの権利と義務がある、というようなことが言われ、それを当然だと思っている人も多いようである。しかし、法

律というものはもともと人間の社会生活を円滑にするための規則であり、人間を拘束するためのものではないはずだ。

最近では結婚制度というものを便利だと思うより拘束だと感ずる人もでてきたようである。実際、結婚生活の中ですべての人びとが耐えられないほど不便と桎梏を感じ始めれば、この制度は崩壊するであろう。現在のところ、まだ、この制度を何かと便利で都合よくできている、と思っている人のほうが多いので、たいていの人は遅れをとらないように結婚したがるのである。つまり、自分だけ半端者になりたくない、人並みにこの制度のもたらす利益にあずかりたい、という気持である。だがいくら法律が好きな人でも、結婚が事実を伴わない文書だけの法律によって成り立つと考えている人はないだろう。ただ事実の後楯として法律に保護して貰いたいと思うだけである。だが考えてみれば、一人の男が法律的に結婚しているという理由だけによって一人の女に生涯を拘束される、または一人の女が法律上の夫のためにだけ生きなければならない、ということは妙な話である。これは一人の男と一人の女の間にそういう関係が成立し得ないということではない。要は法律によってそれが可能かどうかということである。そんなことは絶対にあり得ない。男は、あるいは女は、相手の女あるいは男によってそういう桎梏を幸福だと思うことはできるが、法律によってあるいは法律に保護されたその状態を幸せだと思うことはあり得ない。

もちろんわたくしも戦前の民法は現在の民法よりも女に酷にできていた、とか、現在の女はいろいろな権利が法律的に保証されていて昔よりは立場がよくなったということをおぼろげながらは知っている。だがわたくしの言っているのはそんなことではない。人は法律に支配されるのではなくて、人は法律をつくる能力があるし、批判することができるということである。

実際のところ姦通罪があるとき、姦通をした人間はいくらもいたし、そういう人間が悪人であったということもない。もちろん法律の犠牲になる人間は男女間のことに限らず、どこにでも、いつでもいる。法律をつくることに参与できなかった人間たちやその法律が自分を保護してくれないことを見抜けない者が犠牲になるのである。

もろもろの国家の法律のことはさておいて、男女の間の法律は、それをつくった者でも恩恵に浴さないことのほうが多い。ナポレオンは女を閉じこめる法典をつくったが、ついに妻を閉じこめることはできなかったし、フランスの男たちはコキュで有名である。もっともこれは他の男をコキュにする男がたくさんいることだ、とも考えられる。アメリカでは妻を保護する法律が完備しているけれど、男たちは年中蒸発している。脱落したり、蒸発したりすることは、参加することと同様に、誰でも選べる自由である。世界で名のある男権社会の日本の家庭における女の権力は世界一だろう。権力は口を閉じさせることはできても、脳の働きをとめることはできない。そしてしばしば、権力の綱をひっぱりすぎると、自分の首をしめてしまう。

条文化した法律は事柄を簡単に裁くよりも間違って裁いてしまうことのほうが多いから、事件が起ったたびごとに無関係な第三者たちが集まって裁くほうがよいのである。

男も女も結婚によって不自由になるのは当り前だ、というような考え方はあやまっている。少なくとも、夫も妻も相手の持っている場を、結婚後も認められるという可能性がない限り、結婚しないほうがよい。

日本では結婚してしまうと女が男と同じ社交の場を持つことが少なくなるが、これはやはりだんだんとあらためたほうがよい。日本の女は子供のことにかかりきりで、子供のために自分を殺すことが多すぎる。それに子供にとっても親の保護過剰はよいものではない。時間ぎめで子供を安心して任せられるベイビイシッターのような人をそれぞれの母親は真剣に探して、夫と共に愉しめる、子供から解放された自分の時間を持つべきだ。子供を持った母親は自分自身の愉しみを持てない欲求不満のために夫をしばりつけ子供に異常な支配力を持つ、ということにだけいきりたっている感じがする。女は自分自身の仕事と、夫と共同の社交の場を持ったほうがよい。育児と家庭の仕事で手いっぱいだという女は無理して外で仕事を持つことはないが、子供ヌキで夫と共同で愉しむ社交の場はやはり持ったほうがよい。

もっとも、ある男たちは妻たちを世間知らずにして閉じこめておき、自分たちだけが自由な場を持つことを企むものだが、よく考えれば、視野が狭くなった近視眼的なものの見方しかできない妻に年中愚痴をこぼされているよりは、妻を賢く育てあげるほうがずっと得である。社交の場で秀れた妻が果す役割は馬鹿にならず、独りでするよりははるかに円滑にいく場合が多いのだ。愉しむということは少しも悪いことではない。他のことを倹約しても欲求不満にかからないほどに自分が愉しむ時間、子守に払うお金をケチらないほうがよい。

子供を育てるのは人間の動物的な本能だから、そのことを子供に恩に着せるのは間違っている。独りで飛んでいけるほど子供の翼が強くなったら、親は子供にとって自分がどんなに重荷な存在であるかをよく知っていなければならない。親は自分のほうから子供の前から身を引くべきである。親は恨みがましく、自分が子供のためにいかに犠牲を払ったかと繰り返さないですむように、子供を育てることで極端に自分を犠牲にすべきではない。子供が幸福なのを見て親が幸福なように、親が幸福なのを見て子供は幸福なのである。親があまり不幸すぎると子供は親を憎むようになる。子供を不幸にしない程度に親は自分の愉しみを積極的に考えたほうがよい。

性的なものは結婚生活でかなり重要であるけれど、それがすべてではない。純粋に性的なものからはむなしさしか生まれないが、性的なもののない人間は食欲のない人間のようにつまらないものだ。欲望にまつわる哀しさや歓びを知らない人間は魅力がない。美食をしたこともなければ、飢えたこともない人間は殺風景なテーブルに肘をついて殺風景な話しかしないものである。性的なものの中で多くの人格が培われる。尊敬、愛情、闘争、克服といったものを自然な形で修得する。性的なものに熱中できない人間はあらゆる情念に不感症である場合が多い。だが、性的なものは友情のように結婚の必要条件ではあるが、十分条件ではない。友情と、性的な調和以外に結婚には肉親化しただらしなさと、教師のような愛情が必要である。不安を認識した上で、次の状態を支え合う伴侶といったものが配偶者である。

子供の問題にしろ、性的な問題にしろ、結婚生活はすべて自然な関係であるのがよい。不自然な状態に耐えるのは不幸以外の何物でもない。もっともある夫婦にとっては不自然なことも他の夫婦にとっては自然なこともあり得るから、千篇一律に、結婚はこうこうしかじかあるべきことなどという条文をもとに行われるものではあるまい、と思っている。独占されるのは不自然だと考える夫もいるし、独占されるのが好きな妻もいる。独占されるのが好きな女は、独占するのが好きな男と同棲するのが自然だし、独占されるのが嫌いな女は女を独占しなくてもよい男を選べばよい。この反対のことも言い得る。第三者の迷惑にさえならなければ、そして夫婦の双方が幸福なら、結婚はどんな形で行われようとまったく自由である。恋を始めるのは簡単だが、恋を継続させるのは大変むずかしい。つまり、恋は普通、満足しない状態で始まるが、満足してしまうと恋ではなくなるのである。すっかり底のつきてしまった人間、生命力のない人間は相手を退屈させる。結婚生活を退屈させない唯一の方法は、双方が全力をあげて伸びようとすることである。誰だって伸びる芽に水をやるのは愉しいものだ。夫や妻は子供以上に育て甲斐のあるものである。

　結婚によって生涯の指定席を買ったように思いこむのはよくない。結婚は常に壊れるかもしれない、という前提のもとにせいいっぱいの努力をして持ちこたえさせるものである。結婚によって妙な安心感を持っている人は、人をいらいらさせないが、いくらか愚かに見えるし、結局はあまり魅力がない。第三者にとって魅力のない人間は配偶者にとっても物足りないものである。あらゆる意味で人間的能力のあまりにも不釣合な夫婦はなるべく別れたほうがよいし、これが自分には適当だと思えるほどの相手にめぐりあえたときは、他人には通用しない自分たちの場を築くことが知恵のあるやり方である。他人に通用しない場を築くことは同棲している者の特権だし、年月をかけて共同で築いた場は闖入者（ちんにゅうしゃ）が壊しにくいものだ。だが、いつでもあまり自信を持ちすぎないほうがよい。地球上にはほぼ同数の男女がいるし、いろんな方法でコミューニケイトしたいと思う人間を選択する自由は誰にでもある。自分のやり方を最上だと思いこむのは愚かである。どんな場合でも自分を対象化しなければならない。

婚外の性的な行為を浮気と呼ぶが、これはいやな言葉である。これはたぶん、結婚制度を合理化するための言葉らしいが、もともとそんなものはないのである。もともと、男であるということ、女であるということはお互いに性的な関係を持ち得る、ということなのだ。自然な形でそういう関係が生じたなら、自分は相手の美しさに感動した、としか言いようはなかろうと思う。男と女は好き合うようにできている。そんなことを言いわけがましく、あれは浮気であった、などと定義づける必要はない。一時的な感動は永続する可能性もあるし、直き消えてしまうこともある。それは相手の魅力の大小による。何れにしても結婚は離婚の可能性をいつも含んでいるし、離婚の可能性のない結婚はむしろ暗黒である。

できることなら、夫と妻はお互いの恋人の話を優しい言葉で語り合えるようになったほうがよいのだ。ちょうど親友に、他の魅力のある友人の話をするように。

夫や妻はどこへ行く自由もあるのである。結婚の場にとどまっているとしたら、それは自由な意志でそうしているのである。結婚における義務とか権利とかいうものがあるとすれば、相手をその場にとどまりたいような気分にさせる機会を与えられているということだけである。

完全に性的な自由が与えられても、なお同棲する組は残るかもしれないのである。結婚と離婚と再婚がおそろしく簡単で日常的なものになっても、生涯結婚を続けていたい、と思うような夫婦はやはりいるであろう。幸福な結婚を営むためには女はいつでも離婚できる状態をつくっておくべきだ。自活できる道と同時に、次の夫を見つけ得る自分の魅力を。離婚が簡単なことは女にとっても決して悪いことではない。離婚した女は他の女の持っている夫をたやすくとりあげることもまたできるのだから。何度も言うが、男と女は好き合うようにできている。妻であろうとなかろうと、夫であろうとなかろうと、異性を好きになるということ自体は少しも悪いことではない。だが、そのために、自分以外の人間を不幸にするのは悪いことである。誰も不幸にならずに男と女が自由に愛し合える世の中が来ればよいと思っている。

男と女

女子供の言に左右されるのは、男の沽券にかかわると思っている男性が多い。しかし、一緒に暮らしている女子供がその男にとって何ものでもないなどということはあり得ない。気をつけて観察していると、何げなしに家庭のことをごく自然に喋る男は、自らの家庭の在り方にも自信があって、自身の能力もある。一方、背後に女の影などこれっぽっちもないふうに振舞っている男は、えてして自分が他人にどう思われるかということばかりが気になる性質のようである。ついうっかり「うちの女房は（あるいは彼女は）こう言うんですがね」などと言って、他人に「こいつは女の言葉に支配されているのか」などと蔑まれるのはいやだと思っているのだろう。

また、古来、偉人には悪妻が多いが、悪妻を持っていたことで名高いソクラテスや、モーツァルトや、トルストイにしろ、女房に勝手なことをさせておくほど、自分の力に自信があった人だという見方もある。もしかしたら、彼らは女たちに自由な表現を許しておくことで、結構それらの表現を自分たちのさらに高度な発展への足がかりにしていたかもしれないのだ。いずれにしても女子供を不自然に無視するのは、現実を直視するのを避ける、むしろ弱い性格の男性なのではなかろうか。

世界の人口の男女の比率はほぼ同数で、現存する結婚制度が合理的か不合理かということは別問題としても、男と女がお互いに相手のことを考えなければ人生は成り立たないのはわかりきった話である。だから、そういう事実を無理矢理覆いかくそうとしているかのように見受けられる行為は、かえって滑稽である。

女房や恋人に限らず、女の力を無視したがる男は、現実が見えないということでもあるから、いくら威張っていても「裸の王様」であり、真実の見える男は女の力の用い方をちゃんと知っている。黒人に対して劣等感を持っている白人は、黒人を差別することで自分の優位を保とうとするが、自分の能力に自信のある白人は、黒人の持つほんとうの力もよく見えていて、黒人の話に理性的に耳を傾けることも知っている。

もっとも、外で仕事の話に家庭の問題を混ぜたがらないのは、個人的な問題を公けの問題にかかわらせてはならない、といった考えに支配されているからかもしれない。しかし、それは単に思いこみにすぎない。

個人の生活を大切にしたいからこそ、人は仕事をするのであって、仕事はわけのわからない誰かのためにしているのではなく、自分自身の幸福のためにしているのである。同時に、人間は社会的動物であり、単独では生きられないとすれば、人は自分自身の個人の生活を大切にすると同様に、他人の「個人」も尊重しなければならないのは当然である。個人的であることと、社会的であることを両立させることこそ、人間が人間らしく生きる秘訣である。

職場で個人的な話題を避けることで、人びとは孤独に陥っている。機械化された無味乾燥な社会の中で、みんな個々の人間との触れ合いに飢えているのだから、個人的な話題はむしろ人間らしい社会生活を復活させるのに役立つだろう。

仕事の上で個人的な話題を極端に避けるのは日本の男の雄々しき？　風習だが、外国の男は「女房がいやだと言うものですから」と自分の気のすすまないことを、相手を傷つけずに断る口実に使っている。日本の女のやり口も、まあほぼ後者に似ている。

いずれにしても、そうした口実がまかり通るのは、人間性が認めるそれなりの理由があるからなのだということを、日本の男ももう少し自然に認めたらどうなのだろう。

ぼやき

考えてみると、わたしは男に振られてばかりいる。わたしが年中死のことを考えるのは、きっとそのせいだろうと思う。失恋するとすべてのことが無意味に思えて、死ぬということがそれほど怖ろしいことではないような気がする。けれど、結局今まで死にもしなかったし、これからも特別死に急いだりもしないだろう。何となく、心のどこかで死が身近なものに思える、というだけの話である。生きつづけるのは人間のごく自然な状態だから、こういう自分の在り方を特別恥じることもあるまい。

人生は短すぎるとか、長すぎるとかいうこともないような気がする。丁度よい加減ではないかと思う。そしてそれは、わたしが何かの事故で突然明日死んでも、あるいは奇跡的にもう五十年も生きるようなことがあったとしても同じように丁度よいと思うのではないだろうか。

それは多分、わたしがかなりの犠牲を支払って疲労を伴う欲望に忠実な生き方の中で、いつも好奇心にあふれているせいだろうと思う。少なくとも男たちとのかかわりあいで、そういうふうであった。結果的にわたしは大抵の男たちをある種の恐怖に陥れ、安全な生き方の好きな男たちにむごく扱われたが、それほど損をしたとも思わない。彼らはわたしをいろいろと傷つけたりはしても、与えてくれたもののほうが、やはり多かったように思う。わたしは彼らによって、幾らか豊かになったような気がするから。つまり、わたしはひどく男が好きなので、結局は彼らをあまり悪く思わないらしいのだ。

しかし、ときどきは、彼らを軽蔑することもある。わたしほどの女をあんなに粗末に扱い、随分思いきりがよいではないかと思い、彼らが人生においてとり逃した貴重なものをみせびらかしてやりたい気分にもなる。わたしが小説を書いたりするのは、わたしを冷たくあしらった男たちが、臆病なせいか、あるいは自分本位なせいかどちらかで、味わい残した大切なものを、ならべて見せるほどの無邪気な心根からなのである。

けれど、どんなに未練がましくかきくどいても、人には気質の相違もあるし、嫌われるような相手には所詮好いては貰えないのかも知れないとも思う。

しかし、たったひとつ、わたしには妙な自信がある。わたしを振った男たちは、わたしを決して憎んではいないだろうということである。彼らはそれぞれの事情で仕方がなかったと、心の中で言いわけしながら、わたしに対して後めたく思っているに違いないのである。なぜなら、彼らは初めから終りまで、王様のようにふんぞり返り、自分は世界一魅力的な男だと思いこんでいて、その権力を濫用したからである。そして、彼らはわたしと別れてしまうと、いつだって急に見すぼらしくなった。

わたしに言わせれば、彼らはおしなべて気が小さく、失うことが大嫌いで、おていさい屋で、かっこよく振舞うことばかり考えていた。だが、わたしにしてみれば、彼らの気分をよくさせておくことが、自分の幸福でもあったので、そうさせておいたにすぎない。彼らがもし、そんなにみみっちくなければ、彼らは失うどころか、とてつもない収穫があっただろうに、と気の毒に思う。とは言っても、彼らとわたしの間には価値基準の相違もあったことだし、やはり、わたしを捨てた男たちには、それなりの理由があったなあ、と感心したり、同情してみたり、やはりわたしは男に甘いらしいのである。

ともかくも、わたしが幸福になったり、不幸になったりするのは、みんな男たちのせいである。わたしが彼らに優しくするほどに、彼らがわたしに優しくしてくれたらと思う。ほかに、どういう愉しいことがあるというのだろう。たまには一方的に女の機嫌をとることが、幸福になる方法だと考えてみないのだろうか。

孫悟空

文学を志したのは随分幼い頃ですが、その道を伐り開くことのできたのは結婚してからだと思います。

結婚は私にとって大変な解放でした。私はかなり自由主義的な家庭に育ちましたが、親というものは子供に対して結局は真に勇敢にはなれないものなので、その臆病さが子供にも敏感に伝わって、私は娘時代それほど思いきったことはできませんでした。

両親は私に当時としては比較的自由な感覚や、反逆の精神さえ吹きこんでくれましたが、私の行為があまりにも制度をはずれて危険を伴いそうになると、少し怖ろしくもなったのです。母はひどく進歩的なことを言ってみたり、またひどく保守的になったり、少なくとも娘の私には矛盾だらけの人間に見えました。

大抵の子供たちは、子供が両親にとって重荷な存在なのだということをちゃんと気づいています。そのくせ、その荷がすっかり無くなってしまうのを、親たちは常に怖れています。だから、親というものは子供にとって矛盾だらけの人間なのです。

ご多分に洩れず私の両親もまあそんなふうでしたので、私は娘時代決して自由ではありませんでした。私の出発点をつくってくれた恩人として両親に感謝していますが、私の文学を育ててくれたのはやはり夫ではないかと思っています。

彼は私に最大限の自由への希望と、保護を与えてくれました。彼は非常に傲慢な男なので、私を「お釈迦様の掌の上の孫悟空」だというのです。つまり、自分がお釈迦様だと自惚れているらしい。それが事実かどうかは別として、お釈迦様の掌の上とは何と素晴らしいじゃありませんか。そう言ってくれるだけでも感謝しなくてはなりません。

ともかく、結婚は私にとって解放でした。お釈迦様の掌の上から落っこちる心配なく暴れられるというのですから。

少なくとも、夫は私に選ぶ自由を常に与えてくれました。それはかなり疲労することではありますが、自分の力を試すには、やり甲斐のある行為です。

もっともここまで至るには、それなりの道程がありました。忘れられない記憶があります。結婚したばかりの頃、自由主義的な私の育った家庭とは全然違う、夫の家のことで、私たちはしばしば夫婦喧嘩をしました。「思っていることを何ひとつ言えないのね、あなたの家は」すると、夫はかっとして叫びました。「思っていることを言えると思っているのか、世の中で」

その言葉は私の心臓に突きささりました。「よし、いつか、思っていることを言って見せる。世の中で」私は心の中でそう叫んだのです。どうやらその叫びが夫にも聞こえたらしいのです。彼もまた、心の底では「思うことを言うこと」を夢みていたのですから。気がつくと、彼は私に最大限の表現の自由を認めていました。多分、彼は私を哀れんでいたのかもしれません。というより、自分たちを。私たちは二人とも社会的に抑圧されていましたし、決して自由ではありませんでしたから、せめて私を自由に振舞わせたくなったのでしょう。

彼はどうやら私を育ててみたくなったらしいのです。いつか世の中に向かって、自由にものを言わせるために。

男を育てるのは女で、女を育てるのは男です。また、男を殺すのも救うのも女で、女を殺すのも救うのも男です。

結婚して十年の間に私が殺されてしまわずに、開花したのは夫が育ててくれたからだと思っています。もっとも、殺そうとしたこともあったのかもしれません。でも、今となっては気づかないふりをしていたほうがよいでしょう。

彼は傲慢なので、お釈迦様を気取っていますが、私もまた傲慢なので、心ひそかに観音様だと自惚れています。孫悟空はどちらなのかわかりません。どちらが孫悟空かはわかりませんが、お釈迦様の掌の上で孫悟空になったり、また自分の掌の上で孫悟空を眺めたりするのは、愉快ではありませんか。

両親は、多分猿を軽蔑していたのではないかと思います。彼らは私の鼻先に、棒の先に結びつけた自由という人参をぶらさげて、ろばにしただけなのです。もっともそれを恨みに思っているわけではありません。人参の味を教えてくれたことを感謝しています。今となっては勤勉に石臼をひいた記憶をなつかしいものに思います。余談ですが、親は子供にいくらかの欲求不満を与えたほうが、親から離れた後の子供を幸せにするかもしれないと思っています。

百魔を征服し、仏経を手に入れる孫悟空は神通力を授かっているからです。「愛」という神通力があって初めて、人間はそのわずかな能力を働かせることができるらしいのです。そして「愛」とは「赦す（ゆるす）」ことではないかと最近思うようになりました。

青い鳥

その頃、わたしのまわりには、灰色の痩せた鳥が群がっていた。彼らは突き出た咽喉仏をふるわせて、哀れな唄を歌うのだった。彼らは、朝に夕に、ろくな木の実も落ちていない灌木(かんぼく)の林の細い枝に止って、いら草のかき鳴らす竪琴に合わせて、単調な唄を飽きもせずに歌った。

わたしは、彼らの羽が脱け落ちて醜く、首に金の環も巻いておらず、嘴(くちばし)に銀の鈴もくわえていないのを憎んだ。彼らのかすれた声は、風に吹かれる蛇の脱け殻の立てる音のように思えて、その止っている細い枝を嵐が吹き折ってくれることを願った。

あたりには蒼い靄(もや)がかかっていて、どんな視界も利かなかったが、靄の向うには、光った小川が流れていて、色とりどりの花が咲き、華やかな色の小鳥たちが、心をゆさぶる歌を囀(さえず)っているような気がして、自分が視界の利かない荒地の繁みに閉じこめられていることをいまいましく思った。

わたしは自分をこの靄の中から、遠い美しい山の見える晴れた空の下に連れ出してくれるのは、靄の向うの住人である青い羽を持った鳥でなければならないと考えていた。なぜなら、この荒地に群がる灰色の鳥たちは、この荒地をひどく気に入っていて、決して外には飛び去ろうとしないように見えたからである。彼らはただ、「くう、くう」と陰気に啼き、鼠の毛に似た、いやな羽毛を撒き散らした。

わたしは青い鳥を捕まえようとして、若い葦をたわめて籠を編み、白い花の咲く木の枝にそれをかけ、その下で番をし、灰色の鳥が籠に近づくと、「しっ、しっ」と追った。

しかし、訪れるのは、みんな不格好な灰色の鳥ばかりだった。もちろん、彼らは、赤い柊(ひいらぎ)の実さえも口にくわえていなかった。

待ちくたびれて、わたしは睡くなり、夢を見た。夢の中で、優しい青い風が吹き、目にもとまらない速さで、燕のような青い翼を持った鳥が、嘴に金色に輝く実をくわえて舞いおりて来た。

目が醒めて、気がつくと、わたしは自分が鳥になって、その鳥籠にうずくまり、空色の卵を抱いていたのである。卵を抱いて、自分で餌を探すことができないわたしに、金色の甘い実をどこからか探して来て、口移しにしてくれる、その鳥は、見ると、まぎれもなく、青い羽を持っていた。彼はずっと前から籠の上を輪を描いて飛んでいた、灰色に見えた鳥だった。

わたしはその鳥が籠の入口のところに止って、入ろうか、入るまいかとためらっているのを見たこともあるような気がする。

いつか、その鳥はわたしの肩に止って遊んでいたことがあった。しかし、その鳥は青い羽を持っていなかったので、わたしは捕まえようとしなかった。

そして、ある日、わたしは、自分自身が鳥になっていることに気づいたのである。わたしの羽は灰色だった。しかし、餌を運んで来てくれる鳥は青い羽を持っていた。そして、彼がわたしの羽の中に翼をさし入れると、わたしたちは一羽の青い鳥のように見えたのである。

気がつくと、靄がゆっくりと流れ始めていた。

大庭みな子　Ⅱ　生命（いのち）を育てる

母性愛

わが子を育てるのは動物の本能だから、人間がそれをしたとてことさらに誇らしげにいうほどのことはない。人間が自分の育てた子どもに関して誇り得るものがあるとすれば、その子どもに魅力的な人格を与え得たときぐらいのものだろう。

見わたすと、他人の子どもの肉をひきさいてわが子に与えている親の姿があちこちに目立ち、目を伏せたい思いである。必死の思いで巣の中のわが子をかばう姿は、毛を逆立てた醜い鳥に似ている。母親は母性愛という言葉を借りて、自分並びにわが子を生きのびさせる全ての行為を美化するが、実際には見ていてやりきれないことが多い。

インドの貧民街の母親は、しなびた胸にしがみつくやせこけた赤ん坊を高くかかげて物ごいをするのが常道のようだが、程度の差こそあってもこれに似た光景は日本にもあふれている。

日本の家庭では親を訪問した客が、親とはろくに話もできず、子どもの相手をさせられてくたびれきってしまうことが多い。母親は母親で子どもを中心にした話題を客に強要し、それを立派なこととでも思っているらしい。電車とかバスの中で子どもがあたりの客の迷惑になることをしても親は平気だし、子ども連れなのだから少々のことは大目に見てもらわなくっちゃといったふてぶてしさが感じられるくらいだ。

これは大人たちが、子どももまた社会の一員である、と対等なきびしさで扱っていないせいだろう。過保護というのは対等でない状態なのだから、子どもにとっても決してしあわせなことではない。こういう子どもは大きくなると、多分、妙なエリート意識と自己顕示欲の塊りみたいな人間になるのだろう。

世の中には子どもを産まないで孤独に生きることを決心した人もたくさんいるのだし、子どもを育て終って、わずかに残った自分の人生を大切にしたいと思っている人もたくさんいる。そういう人たちが、現在子どもを産みつづけている人から実生活の上で、なにかにつけて迷惑をこうむっても当然という理由もない。現代では子どもを持つことは自己の自由意志によるのだし、考えようによってはこの人口過剰の世の中にさらに子どもを持つのはずいぶんと自分の欲望の強い人間なのだ。

世界の人口はおそろしいほど増えつづけているのだし、どうやら子どもを産むことは産まないことよりずっとやさしいらしいのだから、子どもを育てていることを特権のように思うのは間違っている。

人間が生きつづける権利として、どうしても子どもを産みたいというのなら、同じように生きつづけたい他の人間たちの間で、生きつづけることの哀しみを分かち合うべきなのだ。子どもを持っていることは、決して特権ではなく、哀しみそのものだから。

言葉の呪縛

「理屈っぽい」という言葉があるが、これは原因を考えたり、理論を追おうとする思考方法に対して好意的でない文化の中から生まれた言葉である。「理屈っぽい」という表現の中にはなんとなく非難の響きがあるし、そういうことを拒否しようとする〝だれか〟の意志が感じられる。

つまり、原因を突きとめられたり、理由を問いただされるのをいやがる人がつくった言葉である。たとえば、世の中にいろいろと不合理なことがあって、どうしてそうなっているのかを突きとめようとすると「理屈っぽい」などと言われる。つまり、なんとなくうやむやにしておくことを美徳だとすることで、平穏無事を保っている人がいるということだ。「身のほど知らず」「分をわきまえず」「分際」といった表現があるが、これは対等な感覚を拒否することで、すでに出来上がっている秩序の中で、安定した階層にある人々が、自分たちの立場をいっそう堅固なものにするために、秩序を破ろうとする人々を警戒して言う言葉である。「身のほど知らず」とか「分をわきまえず」とかいった言葉には、蔑みよりもむしろ憎しみが多く感じられる。人々の間に対等な感覚が定着すれば、そうした表現はだんだん意味を変じたり、あるいはなくなってしまうだろう。

日常の言葉の中で人々は知らず知らず、呪縛にかけられている。「理屈っぽい」と言われれば、理屈をこねることは悪いことだと、なんとなく思いこみ、「分相応」という言葉があれば、人はそれぞれの身分に相応な状態で満足すべきであり、自分の身分に不満を持ったり、他人をうらやんだりすることはよくないことだと思いこむ。「お嫁に行く」という表現は、家が個人に先行する意味を持っている。「女のくせに」という言い方は、「女にはしていけないことが沢山ある」と釘をさす言葉である。

国語というものは、その国の長い間の伝統や文化を背後に持っているもので、国語はその国語を使う人々の思考方法まで左右する。だが、国語のすべての表現に盲目的に従順である必要はない。「理屈っぽい」と言われてひるむことはないし、「論理的でない」と言われて卑屈になることはない。そういう言葉がつくられた文化を悲しみ、「分をわきまえず」とか「同じ人間ですから」という表現に相手を同意させることもできる。

国語は変わってよいものだし、使う人には取捨選択の自由がある。古風な表現がなつかしまれたり、きらわれたりするには、それぞれの理由があり、新しい言葉が生まれるのは、時代の感覚を表現しようとしても、従来の言葉にふさわしいものがみつからないからである。

だが、人々のあいだに定着した言葉は、呪術になりうるのだということにも気づいていたほうがよい。

子供以外の場を持つすすめ

女としての自意識を持ち始めた頃、大変重荷だったことのひとつに子供に対する押しつけがましい周囲からの期待があった。

小さな子供に接するとき、自分が女であるという理由だけで、子供に対して必要以上の関心を示さなければならないという義務感めいたものが、少女期のわたしを常に圧迫した。若い母親たちは、自分の抱きしめている赤ん坊に、男ならともかく、女としての意識を持ち始めた少女なら、当然興味を持つべきだと期待しているらしかった。少なくとも、そうしさえすれば、彼女たちの機嫌を損うことはなかった。

赤ん坊は可愛いことも、憎らしいこともあったが、わたしはいつの間にか赤ん坊を持っている若い母親をうとましいと思うようになった。彼女たちの期待は押しつけがましく、身勝手で、怖ろしく自己中心的なものに思われたからだ。

ほかの点ではわけのわかった女が、子供のことになると人が変ったように強引に、知性を失うのを見ると、いつの間にかわたしは女性を崇高なものだと思うよりも、怖ろしいと思うようになった。

女たちが自分の子供のために髪の毛を逆立てるさまは、人間が生きのびる力でもあって、生命とは美しく芳わしいが、裏腹に他者に対する殺意を含むほどのすさまじいものだということを実感させる。

女たちの中には母性の特権をふりまわすことを生き甲斐にしているものが多い。「わたしは母親です。……わたしの子供です」と喚けば、世間は途方もなく甘いものだということを女は知っている。

もし、子供に無関心な女が子無しだったりすれば、「子供を持ったことのない人はわからないのよ」と勝ち誇ったようにきめつける。

幸いにしてわたしは娘を一人生んで、育てたことがあるが、多くの子供を持たない女は、わたしと同じようなことを考えていても、同性の憎しみを怖れて、決してそれを口にしない。それはタブーなのだ。

だが、考えてみると、女のこの傲慢さと狭量こそが、女を閉じこめ、盲目にし、社会性を失わせ、彼女たちがそんなにも自慢しながら自信をもって育てている子供までだめにしてしまうのだ。

女は自分を失ってまで子供に全てを賭け、抑圧された自己顕示欲を子供を通して全うしようとする。自分自身がそうしたいと思うことを、母性という美名のもとに叱咤して子供にやらせようとする。子供に夢中になっている限り、世間は彼女のやり方に見て見ぬふりをし、全てを大目に見てくれるからだ。

もちろん、そのためには、彼女は子供のためにどんなことも我慢する。女は子供を生んだが最後、子供に縛りつけられて、碌に外出もできなければ、子供以外の人間たちと、話らしい話をすることもできなければ、娘時代のような自由な交際の機会などもってのほかというわけだ。

新婚時代には夫と連れ立ってちょっとした小旅行をしたり、映画を観に行ったり、友だちのところを訪ねたりしたことも、子供が生まれれば全ておしまいである。

朝から晩まで子供を相手に熊の親子のようにごろごろと暮らす。若い母親が、一日中、よちよち歩きの子供の後を追って、やれ縁側から落ちはすまいかとか、なにかとんでもない危険なことを子供がこっそりしているのではないかとか、片時も目を離すことができず、仕事らしい仕事をしないからといって、彼女を責めるわけにはいかない。

実際、小さな子供にまつわりつかれている母親は、来客にお茶ひとつ入れることもできないものなのだ。やっと子供が昼寝をしたときは、自分も疲れてしまってダウンというのが、世の大方の母親の実感ではあるまいか。

一日や二日や、せめて一週間ぐらいなら、誰だって我慢できるだろう。可愛い我が子の世話なのだから。しかし、それは少なくとも数年は続くのだ。その間に、母親はだんだん違った人間になってしまう。学校時代の友人たちとも会えず、もちろん異性の友人と会う機会もなく、夫とすら話らしい話をしなくなり、子供と自分の会話、せいぜい子供を混えた、同じ立場の女たちとの会話だけが彼女の世界の全てになる。

彼女はぼやきながら、それが女の運命だと思い、やがて成長する子供に自分を埋没させるだけが生き甲斐だと信じようとする。

多くの女たちはこういうやり方に出口がないと思っているらしい。

だが、果してこんなふうに片時も子供から離れられない母親の在り方が、母親の理想の姿であり、子供のためにほんとうに幸福なのだろうか。

過保護の子供たちはこうしてつくられ、やがていつまでも独り立ちできない、母親コムプレックスの息子や、母親の権威をある日突如として憎み始める娘が世にはんらんすることになる。

母親はときどきは、子供を時間決めの子守に預けて、自分自身の時間を持つことをもっと積極的に考えたほうがよい。そんなことをするのは碌でなしの母親だという世の通念を、疑ってみたほうがよい。

子供を預けてたまに夫婦で連れ立って大人の友人たちを訪問したりするのがなぜ悪いのだろう。それはむしろ、長い眼でみれば、子供たち自身にとって幸福なことなのだ。親の留守に、子供たちは他人というものを知り、世間というものを学び、親は親で、子供の世界とはまた別に世界が動いていることを知り、それを子育ての場に注ぐこともできる。

仕事を持っている母親が、やむを得ず、子供を他人の手に任せることを言っているのではない。家事専業の母親であっても、子守に支払うお金を、ある程度は必要経費だと考えても、罪悪ではないということだ。

多くの若夫婦にはそんな余裕があるはずがないという意見が圧倒的だろう。だが、同じ立場の若い母親たちが世の中にはたくさんいるはずだ。お互いに、交換条件で、相手の子供を時間ぎめでたまには見てやったり、見て貰ったりすることをなぜ考えつかないのだろう。

たとえ一週間に半日でも、子供から解放されて、自分だけの時間を持つということは、若い母親にとっては大変な贅沢で、またそれだけに何ものにも代えがたい収穫もあるはずだ。なにも映画を観に行ったり、外出したりするばかりが能ではない。ぼんやりと一人で何かを考えているだけでもいい、本を読んだり、人を招いたりしてもよい。ときに、大人だけの会話の場を持つことは母親の硬直した神経をときほぐすのに大きく役立つだろう。

もしこんなことを連日たてつづけにする母親がいるなら、それは悪い母親だという汚名を着ても仕方があるまいが、一週間に半日ぐらいの母親の休暇を言っているのだ。

そうすれば、家庭に閉じこめられた女たちは、外に出て働いている女たちの気持も多少は理解することもできるだろう。そういう友人たちと対等に話す機会を持ち、夫と一緒に行動する場を、細々とでも長期間に亙って維持することが、やがて子供が独立したあとの自分自身の生き方を支える。

一度錆びついてしまった人間関係はなかなか元に戻りにくいものだけれど、たまにでも油をさせば、やがて子供たちが成長して自由な時間が持てたとき、ずっとすんなりと子供以外の世界に再び入りこむことができる。

そして、そういう母親は、大きくなった子供にとっても負担ではないし、夫や子供たちと断絶せずに対等な話ができることに大きく役立つと思う。

若い母親の欲求不満は、子供から解放された時間を持つ以外に解消のしようがない。それは子供に対する愛の不足でもなければ、家庭をないがしろにする女のやり方でもない。むしろ、家庭の在り方をよりよい方向に持って行くための女の賢いやり方ではないだろうか。

草むしり

十カ月ぶりに伊豆の家に来てみると八重葎の繁る宿になっていた。

毎年、気紛れに植木市などで買って植えたはずの庭木も茨に覆われて、どれがどこにあるかも定かでない。いつの間にか立ち枯れているのもある。雑草の力に負けて、虫や病気などにやられるのであろう。

その夏草を汗水たらしてひき抜き、身体中にひっかき傷をつくりながら、どうにか歩けるようにして、堆く積まれた草の山を見つめ、太陽エネルギーの偉大さに打たれる。

大地が水と太陽で育てた生命がそこに臥っている。それがまた土に還り、新たな生命を育てる。そしてまたそれを人間が勝手な好みで選り分けてひき抜いたり、残したりする。

その作業は、いつ果てるともない賽の河原の物語である。

汗を拭いながら、いったい何のためにこんなことをしているのだろうと苦笑する。だが、この賽の河原の石を積むことで、人間は辛うじて生きのびてきた。

もしこれが、賽の河原の石積みではなく、一度積んだら永遠に残る塔であったらどうなのであろう。一度、一本の気に入った木を生かし、他の数本の木の生命を断ったら、その状態がいつまでも続くとしたらどうなのであろう。

残された一本の木は天まで伸びて、他の木の完全な殺戮（さつりく）を尻眼に幸福なのであろうか。それはむしろ不気味な死の予兆のような感じさえする。

何れにしても、同じように生物である人間は、この自然界にそういうことが決して起り得ないことを知っているから、そういう情景を想像できない。

そして、相も変わらず、賽の河原の作業をぶつくさ言いながら続けている。というよりも、それが積みあげるあとからくずされる石であるからこそ、石を積み続けている。庭仕事と称して自分の気に入った空間を、しばしつくりあげてうっとりとしている。

百合が蕾をつけ、浜木綿（はまゆう）が花芽をつけたと言って目をみはり、桔梗（ききょう）が生きていたことや、撫子（なでしこ）が一面にふえている喜びに打たれるのである。

枯れた木を哀れに思い、それを喰って生きのびた虫のことを思い、切なく寂しい気分になり、また気をとり直して、日陰でかじかんでいる木を、枯れた木がつくってくれた空間に移し変えてみたりするのである。

庭仕事の合間に、明治・大正の小説や詩歌を読んで、人の呟いた言葉も、生きては死んだ草や木と同じようなものだと感心している。

自分の生きる場所を日陰にする大木を呪い、懸命に自分の根をひろげ、あるとき災害に見舞われて無残にひき抜かれ、と思うと、つい今しがたまで繁っていた木は見る間に枯れ、音を立てて倒れ、柔らかな下草が萌え出る祖父母の時代の新しい文学運動の息遣いと森の情景が重なる。

夏の陽に輝く青葉を眺めていると、人の呟きが聞こえてくる。大地と水と太陽があれば、草木が繁り、虫も鳥も動物も生きつづけるのであろう。

見知らぬ雑草を抜こうとして、はてこれはもしかしたら思わぬ不思議な花をつけないものでもない、試みに、しばらく生かしておいてみようかしらんなどと、思ってみたりする。毎年見飽きて気に入らぬ草を、どうせ根を絶やすことは不可能だと知りながらも抜き、抜きながらその草に祟られるような気もして、手を休めたりもする。

近代的自我にめざめた過去の文人たちは古い家族制度を呪い、古い家族制度が崩れて核家族になれば、今度は荒涼の中で孤独を嘆く。相反するもののように見えて、その実人びとは連なり合うものの果てしない闘争の中で次々と様相を変える相対的な価値を追って喘(あえ)いでいるに過ぎない。

だが、それを無意味だと思うこともあるまい。何かが絶対の真理として聳(そび)えるようなことがあれば、その情景は草木を失った砂漠の墓に似ている。そんなことを考えながら、今日もまた雨の中で草をむしっている。

甦るもの

みかんの木はたいていからたちの根にみかんの穂木（ほぎ）を接ぎ木するものらしい。種子からまいたものでは何年も実がならないし、からたちの根の方が丈夫でもあるらしい。ところが、接ぎ木したみかんの種子から出た芽は、初めのうちはからたちのとげを沢山つけているそうである。種子の中には台木の祖先の記憶がいつの間にかひきつがれているということであろう。

私はどうも高所恐怖症らしく、吊橋を渡ったり、高いバルコニーから下を見るだけで目がくらくらする。ピサの斜塔を訪れたときでさえ、はるばるイタリヤまで来て、塔に登ろうとせず、夫婦喧嘩になったくらいだ。

夫の方はどこへ行ってもすぐ高いところに登りたがり、これは男の征服欲のせいであろうかとも思ったが、知人の夫婦で御主人の方が高所恐怖症で、山に登ると奥さんだけ登って彼は下で待っていたから、男女の違いということもないようだ。

私は坂道を登るとすぐはあはあするくせに、水に入ると意外に息がつづき、千メートルぐらいは休まずに泳げる。「お前の祖先はシーラカンスに違いない」などとからかわれているが、確かに水を蹴るときなど、ふっとそんな気がするときがある。

夫は年中空を飛ぶ夢をみるというから、「あなたの祖先は鳥なんでしょうよ」と言っている。彼が鳥肉を好まないのは共食いしたくないことではないかしら、などと思っている。人間の祖先、いや動物の祖先のすべては、太古は水に棲み、だんだん陸に上がり、空を飛ぶようになったという話である。

私たちの肉体の各部分に、その生物の長い歴史の記憶があるのと同様に、意識の底にも長い長い時間が流れているのであろう。

鳥を見て、空を飛びたいと思い、魚をみて、海を渡りたいと思い、人間は飛行機をつくったり、船をつくったりしたとも言えるが、それは生物の長い進化の過程につながる郷愁という見方もある。

忘れずに毎年芽を吹き、同じ花をつける植物を見ると、それが今そこに生きていることは何という生命の力であろうと思う。一人の人間が生まれ、生きているということの中には、途方もない長い時間をかけてその祖先たちが繰り返し、反復して得た生きつづける力がある。

なぜ生まれたばかりの赤ん坊が、生まれ落ちるとすぐ母親の乳房に吸いつくことを知っているのか。赤ん坊は泣き喚いて母親の注意をひきつけ、また母親はどんな犠牲を支払ってでも我が子を生きのびさせるのか。

また親を失った子でさえも、生きのびる方法を自然に身につけられるのか。愛される才能、愛する才能、率いる才能、従う才能、全ての行動力、黙する力などを、人間は与えられた境遇の中で、複雑に絡み合った縁の中で、もっとも自分に適したやり方を自然に学びとる。

生きものたちの、——人間の条件はそれぞれに異なり、人は誰でも自分のやり方を持っている。ある人にとっては意味のあることが他の人にとっては意味のないことであったりする。

だが、非常な窮地に追いこまれたりすると、ふだんは不可能であることが突然できたりすることがある。たとえば生命をおびやかされて追いつめられると普通なら跳び越せない溝を跳ぶことができることがあるといったことである。それはずっと昔祖先の誰かが持っていた力が甦るのだ。傷ついた時は、数限りない傷ついた人間が過去に立ち直った力が甦る。

大庭みな子 Ⅲ　文学・芸術・創作

生命の不思議

老いた父が最近墨絵を習い始めて作品の色紙を二枚ばかり送ってきた。その中の一枚は福寿草で、そのかれんで強靱な小さな花を思い浮かべてながめている。

雪の下でじっと息をひそめて生きている生命というものをこのごろしきりに思うことが多い。アラスカのシトカという町に住んでいたころ、裏庭の林の下草に野いちごの茂みがあって、冬中雪におおわれているのだが、春になると忘れずに花を咲かせ、やがて美しい実を枝にたわわにつけるのであった。

同じ裏庭の赤土の斜面に落ちたある一粒の花の種子がかじかんだ小さな芽を吹き、しがみつくようにして生きのびていたが、ある日突然あざやかな花を開き、目をみはったことがある。北極海のバロウというエスキモーの部落をたずねたときに、永久凍土の砂丘を歩き、ふとみると、はうようにして白い小さな花が氷の浮かんだ海から吹く風の中に咲いていた。

わたくしは二十年昔文学を志して自分でもあきれるほど長い間芽が出なかったが、最近やっと書く場を持つようになった。冬が長くて、荒れ地にしゃがみこんでいた時代を今ではなつかしいものに思っている。種子を植えつけたのがだれであったか、あるいは種子がどこから飛んできたのか、どういうふうにそれを今まで死なせずにはぐくんできたのかと、その間の恩愛のちぎりの深かったひとびとを思い浮かべて感を深くしている。母は先年死んだが、母が生前に語ったことばは時々不思議なみずみずしさでわたくしの中によみがえってくることがあって、ひとの心というものはこういうふうにして世代を通じて生き長らえ、死に絶えることはないものだと思っている。

思い出すままに

記念論文集などといういかめしいものに今までついぞ学問にかかわったことのない者が文章を書くのはへんではないかと思い、再三辞退したのだが、それはわかっている、学問的なものである必要はないということなので大橋健三郎教授の長年に亙る私の作品への貴重な助言と示唆に対する感謝の気持をこめて引き受けてしまい、さてやっぱり困っている。私にできることといえば、アメリカ文学が自分にとってなんであったかと思い直してみることぐらいだろう。

戦後間もない時期に大学に入って、少しアメリカ文学を読み始めたが、当時それが文学的なものとして自分の中に定着したとは思えない。少女期からずっと読み漁っていたイギリス文学、フランス文学、ロシア文学などのほうが、青春期ぐらいまでの私には親しみのあるものだったし、アメリカ文学は幾分奇異な感じのするものだったということが正直な感想である。ただ、それは奇異であるゆえに、その未知の世界に私は想像力をかき立てられたのである。

その頃、フォークナー、ヘミングウェイ、スタインベックなどの翻訳が少しずつ出始めていて、ついこの間まで敵国であった国がどんな文学を生んでいたかということに若い世代がなみなみならぬ好奇心を持ち始めていたということは確かである。

それまでの私はせいぜいポーやホーソンくらいしか知らなかったのだが、戦後、それまで閉じこめられていたものがいっせいに噴出するように吐き出されたという感じで、つぎつぎと日本に紹介され始めたとき、自分でもそれらの作家たちの短篇をこっそり訳してみて、その感じをつかもうと努力したものだ。

それでも、それらはなんとなく異質のもので、肌で感じるというわけにはいかなかったように思う。

だがその後、一九五〇年代の末、アメリカに行って、一九七〇年まで十年余りアメリカに暮してみて、アメリカ文学はやっと私にとって、身近なものになり始めた。

日本の本は手に入らない田舎町だったので、せいぜいペーパーバックのアメリカの小説を読むしか仕方がなかったのだ。

ヘンリー・ミラー、メイラー、アップダイク、バース、ベロウ、ナボコフ、トルーマン・カポーティなどをその頃読み、彼らの世界がたしかにそこにあることに私は頷いていた。

私は当時、田舎町で全く文学とはかかわりのない暮しの中で孤独をかこっていたが、彼らの文学世界は唯一私に語りかけてくるリアルなものであるような気がした。

周囲のアメリカ人たちはみんな文学とは無縁の人たちで、彼らの中にはまあ知的に秀れた人びとも少しはいたが、普通の生活人だったので、小説などは推理小説以外は滅多に読まなかった。丁度、日本でも大人になって小説を読む人間などごくわずかであるのと同じである。

私は、アメリカに暮していてさえ、今あげたような作家の作品について話し合える人にはなかなかめぐり逢えなかった。ほんのときたま、彼らの作品の中でベストセラーになったようなものを読んでいる人の感想を聞くこともあったが、たとえ、いく分文学的な人たちでも、五〇年代の末のアメリカ人たちは、それらの作家たちにはある種の不安を感じていて、素直な意見は吐きたがらなかった。その時点ではもうすっかり安定した地位を得た、戦争のずっと前からなじみの深いフォークナーやヘミングウェイやスタインベックなら安心して読めるが、ヘンリー・ミラーやバースやアップダイクとなると肩をすくめるのが普通のアメリカ市民の感覚だった。

テネシィ・ウィリアムズだの、サリンジャーなどがやっと高等学校の副読本に使われ始めていた頃の話である。

これは重要なことである。つまり、現実の生活の中には確かに同時代の作家たちの表現するものがあったとしても、一般の生活人たちはそれが身近な不安である故に、かえってそれを認めたがらない。

彼らはべつに文学としての米文学や比較文学を教えているわけでもなし、その学生でもないのだから、自分たちの暮しを七面倒臭く分析する必要はないと考えている。

しかし、彼らは、考えずに行為を先行させる。文学などとは全く無関係に、現実に在る社会に反応するわけだ。そして、作家とはそれらの現象に鋭敏で、動いていく社会のまき起すほんのわずかな匂いに気づく人間である。

今ふり返ってみると、私は自分が文学に縁のない社会に長らく暮していたことは、作家として貴重なことだったと思う。生活人たちの感性は文学を専門に論じている人たちより余ほど素直に文学的である。彼らの語る言葉はそのまま文学でさえあり得る。にもかかわらず、彼らは表現された文学に対しては、大した関心を持っていない。というよりも、そういうものを読む機会があったりすると、顔をそむける。不快なことには触れられたくないのだ。自分を客観視したくない。もしかしたら、私は異国人として彼らを突き放して観察し、そして、その国の文学を読んで同意するという特殊の立場にあったから、いっそうそんなふうにしらじらと彼らの姿を眺めることができたのかもしれない。

彼らは過去のものになった痛みに対しては寛容であり、それは真実であったと感服する。それを抱きしめることによって安心するのだ。それが記憶の中に組み込まれた段階において、彼らはやっとそれを自分たちのものとして認める。

それから二十年経ったアメリカにはまた続々と若手の作家たちが出ているが、私は今では自分が作品を発表する立場で、他人の作品への眼がかつてよりずっと怠慢になった。

今また、アメリカの西部の小さな大学町にいるが、つい先週、バースの「レターズ」という作品が出た。

バースが今まで書いた自作の小説の中の主人公たちだの、またバース自身だの、これから書く小説の主人公だのが手紙をやりとりして、それがそのまま小説になっているものらしい。

買ってぱらぱらとめくってみただけで、まだちゃんと読んでいないが、作りものには違いないが、ほんとうのことに思える小説世界が、彼特有の滑稽なもったいぶった文体で、ふんだんに作中人物と実在人物を混ぜて、その言葉や行為の中で構成されている様子である。

これに似たやり方をしている作家は、まだほかにもないわけではなく、たとえば日本の文学界では小島信夫はもう大分前から東洋的な大らかさの中で、革命的な手法を試みている。バースと小島信夫の感性は非常に違い、普通の意味で小説を読む読者はこの感性のほうに大きく動かされるので、手法などは大して気にしない。しかし、作家としては、私と世界、自己と他者といったものをこねまわしている態度は、いずれにしても頷けるものがある。

多分、これらの作家の作品は、今後、研究者たちが、作家の思考の糸をたぐるのに面白がる作品になるだろう。

バースの作品世界は素朴な読者としては、鼻につくものかもしれない。私もまた彼のこの種の作品は自分の好みとは言えず、彼の装いには興を魅かれるが、その装いの中にも自分に似通った感性を見出したがっている。

たとえば、ナボコフはやはり自己と他者の問題を手法上でもいろいろに努力した作家だが、彼の滑稽な悲しみは、日本的な「もののあわれ」にさえ一脈通ずる深さがあるように思える。彼の作品は洗練された密度の高いもので、凡そ素朴とは正反対の複雑なものではあるが、その奥には生命の不可思議な端正さがある。それは反語的な意味で純朴とすらいえるものだ。

ナボコフはもともとロシア生まれの作家であって、アメリカに住んだのは二十年くらいのものだったらしいから、彼をアメリカ的な作家と呼ぶことはできないのかもしれないが、アメリカが彼のような作家をも生む国だということは、私にとって興味深い。

ナボコフは死んでしまったが、その育ち方と経験は全く異ったものを持っているにしろ、それぞれ革命戦争を過去に抱えて生まれた国から放り出されたことでは一種の共通点が見出せる、彼の息子の年代といえるコジンスキィというポーランド生まれのユダヤ人らしい作家にも、私は彼の「彩られた鳥」と「ステップス」という二つの作品を大橋吉之輔教授の薦めで読んで興味を持っている。アメリカにはナボコフにしろコジンスキィにしろ、異国の感覚を単なる異国情緒としてではなく、もっと原始的な人間の本性につながるものとして鑑賞する感性があるように思われる。

それは、雑種の民族が集まって出来上った国の、複雑な記憶につながる何かである。ナボコフはずっとロシアで書いていたら、その作品はもっと違ったものになったであろうし、コジンスキィにしてもポーランドを去ってこそ「彩られた鳥」を書き得たと言える。

だが、そのナボコフは晩年をスイスで過し、そこで死んだし、コジンスキィも、その後フランスにいるとか、いたとかいう話である。とは言え、ともかくも、彼らは一度この国で自分の文学世界を確立するまでに、自分を解放する機会を得たに違いないのだ。

そのあとで、彼らは再びアメリカで孤独になった。その意味もまたよくわかるような気がする。アメリカは浮浪人を受け入れるが、浮浪人を浮浪人のままにはしておきたがらない。アメリカは浮浪人をアメリカに同化させられるという前提のもとにどうやら浮浪人に好意的であるらしいのだ。そして、それは文学の根に結びつくべつの大きな問題と言えるだろう。

「ロリータ」で人気を獲得したあと、ナボコフはアメリカを去ったが、ともかくもその作品を書く年月を彼がアメリカで持ったということは、アメリカがマーク・トウェインやソーローやホーソンやメルヴィルを持ち、シャーウッド・アンダーソンやフォークナーを持つ国であるということと必ずしも無関係ではない。アメリカ文学は、あらゆるものを呑みこむ巨大で無気味な複合したエネルギーを持っている。

彼らは日本の「私小説」に敏感であり、中国の老荘に感心し、仏陀にも、アラブにも、ユダヤ人にも関心を持つ。古代エジプトの宗教をキリスト教と結びつけたりもする。

そんなわけで、私はいつの間にか、アメリカ文学に少なからず大きな影響を受けたと言わねばならない。寝そべって、ときどき眼にふれる小説を拾い読みしている怠け者の読者の雑感である。

つながり合うもの

二十代から三十代にかけて十年余り、私は文学を専門にしている友人を全く持たなかった。食べるためだけに、自分は決して満足しているわけでもない仕事を、熱心に真面目にしている人びとの中で暮らしていた。自分も教師をしていたが、熱心に真面目になれたのは、どこを見まわしても似たりよったりのそうした仕事をしている人びとの哀しみの絡み合うものの中で、生きているような気がしたからであろう。

サラリーマンは自分の勤めている会社の中で、役人は役所で、商人は商売で、教師は学校で、それぞれに自分の属している機構の中で、少しでもよい地位を得ようとして、あるいは幸せになろうとして、けなげな努力を続けていた。

野心的な者も、野心的でない者もいたが、一様に、違った角度で自分を含めた人間を眺めていることには変わりはなかった。

彼らが自分のたずさわっている仕事に、ほんとうに意味を認めていたかどうかは疑わしいが、多かれ少なかれ、そこから逃れられないことだけはよく知っていて、ささやかな歓びを、まわりでゆっくり動いていくものの中で確かめようとしていた。

彼らはいつも他人のことが気になり、他人の中にこそ自分の存在の意味があるように感じていた。自分が何かを欲すれば、それは他人にとっても無関係ではないというようなことである。したがって、他人の欲望にも非常に敏感であった。

彼らは小説などめったに読まない人たちであった。彼らの言うことの多くは即物的で、自分の肌で感じたようなことばかりであったので、無意識的に文学的であった。文学のことは何も知らなかったので、余計に文学的だったのである。

小さな町で、住んでいる人たちの主だった顔ぶれはみんな身元のわかるような間柄だった。祖先のことや、本人の趣味、子供たちの性向、周囲の評判なども大方通じ合っていた。

病気になって入院すれば、誰かが必ず見舞いに来、郵便局に行っても、銀行に行っても、店に入っても、窓口で応対する人たちはどこかで顔を合わせたような人ばかりであった。

つながり合っているものの非常によく見える、社会の原型めいたものの手ざわりのある暮らしがそこにあった。

私たちは毎日のようにボートで海に出た。夏は北国の白夜で、夜の十二時まで釣り糸が見えるのである。鯨がいて、仔を背負った熊が泳いでいたり、島に渡る鹿の姿が波間に見えるような海であったが、すれ違うボートは大抵、誰の舟か見分けがついた。手をふって、どの岬、どの入江の辺りで鮭が釣れているという情報も交換できた。

鰊（にしん）としゃもの大群を追って鮭が集まり、産卵して息絶え、むくろを海猫たちについばませるような河原がそこここにあった。

大潮のときは浅瀬の岩間を走る蟹や鮑（あわび）が獲れ、うにやなまこがびっしり海の底にはりついているのが見えた。森には茸がたくさん出て、つぐみやりすや雀蜂がいた。黒百合ややなぎらんが栂（つが）の林の木陰に咲いていた。

来る日も来る日も海の上で数時間過ごす間、私は雲と霧と風と波を眺め、自然の不思議さに打たれた。逆えない海の力や、波にのって辿りつく渚のあることを知った。それは蔑んでも怖れてもならないものであった。

町に帰ると、人びとの顔はいつの間にか波の姿や、海鳥の群と見分けがつかなくなるような気がした。彼らがぶつぶつ言っているのが海鵜（うみう）や海猫の啼き声に聞こえて来たりした。そして、自分も岩角に止っている黒い鵜になったような気分だった。

ほんのときたま、文学のことを喋り出す人に出会うこともあった。そういう中には職業作家めいた人もいたが、なぜか私は自分が文学を志していることは、決して口にしなかった。話が作為的になるのを怖れたのである。

何れにしても、私はその十年余りの間、周囲の誰にも自分の文学について語ったことはない。作品は書いていたが、誰にも見せず、もちろん誰もそんなことに興味は持たなかった。しかし、私の中には彼らの捕われていることがらが次第にいっぱい詰って自分が重くなるように感じていた。

夏の白夜は釣りをしたが、冬の夜はいろんな人たちと遊びで賭けごとをした。どんなに負けても、家計にひびくほどのことはない程度の気晴らしだった。週に三晩ぐらい麻雀をし、週に二晩ぐらいブリッジをして遊びほうけていたのである。

日本から次々にやってくる商社マン、銀行員、役人、ジャーナリストなどである。勝負よりは、彼らの話に耳を傾けて、いろいろなことを学んだ。誰ひとり芸術の話をする者はいなかった。しかし、ときたま彼らが気づかずに吐くため息は、作品の一頁にふくれあがるような気がした。

芸術家といえば、年に四、五回世界を巡業して歩いている外国の音楽家たちが、小さな演奏会のために立ち寄ることがあり、その接待にかり出された。名のある音楽家たちもたまに立ち寄ったのは、ドルが価値のある時代で、アラスカという場所に好奇心があったからであり、接待にかり出されたのは、その町が日本資本の工場で成り立っているようなことで、数少ない日本人は町の社交界に義務的な役割を受け持たされていたからである。

私は音楽のことは何も知らなかった。

だが、利害関係抜きでこうした人びとに接しているうちに、私は勘のようなもので、彼らの感性の種類を見分けられるようになった。もしかしたら、私があまりにも音楽に対して無知であったことが、彼らの素朴な感性をあらわにしたのであろうと思っている。

無知であるということは、裸の王様を見て驚きの叫びをあげる子供の眼を持ち得るということだ。後年、文学を職業とするようになって、いちばん怖ろしいと思う読者は、文学のことを何も知らない人たちだと思うようになった。

素人の突拍子もない話に、専門家としてではない生きることの夢を重ねられる人は、そうたくさんいなかったが、いれば必ずといってもよいほど一級の人であったように思う。私は彼らを芸術家として特別扱いにしたことはないが、そうされなかったことで腹を立てたような人は、どうでもよい人だったという気がしている。

創作

嵐にゆれ動いている木や、波立っている海を見て、あの木のゆれ方はあまり良くないとか、波の形がなっていないとか批評する人はいない。同様に優れた作品は、作家の手つきが見えないままに、読者をのめり込ませる。傑作はつらなり合うものが動いて、吹く風に似た音をたてる。

創作という言い方があるが、作家は何もないところから何かを創り出すわけではない。自分の力で創り出すというよりは、思わず知らず、えたいの知れない力に押されてそうなってしまう時、その作品は比較的まともなものである。

また、べつの言い方をすれば、創作とは、何かを創り出すというよりは、そこにもともと埋まっているものを掘り出す作業なのだ。もともとそこにないものは、いくら一生懸命掘っても突き当たらないし、下手な掘り方をすれば、像の形が欠けたり壊れたりすることもある。

つまり、自分の掘り当てたい像はどこに埋まっているか、また、どのような掘り方をすればよいのか、というようなことが、作家の作業なのだろう。

わたしはいつのころからか、文学は、生活の中にしか埋まっていないと思うようになった。生活の中にかかる虹の橋づめに埋まっている金の壺がわたしの文学である。

恋人たちが輝く目とバラ色の頰でほほ笑むとき、彼らは虹の橋づめに立っているのだし、うずくまってすすり泣く幼児の足の下にも金の壺は埋まっている。怒る人、闘う人、不可思議な衝動にかられて立ちすくんでいる人、そうした人の背後には必ず虹の橋がかかっている。

この人間社会で、言いたいことを言えずに、口ごもって生きている人びとが、何かのときにふと洩らしてしまう言葉は無数の水滴になり、太陽の光が当たると虹の橋になるのだ。わたしは、生きているうちにめぐり会った人びとの呟いた言葉を拾い上げて、小説を書いているから、めぐり会った人びとはわたしの文学世界を築いてくれた恩人である。作品は自分の力で創り出すわけではないとは、そういうことだ。

自分を文学の専門家だと思い込んでいる人たちの言葉は、ほとんど、わたしの心を打たない。文学に限らず、どんな道でも同じだと思うが、その道で一級の人たちは、自分をその道の専門家だとは思っていない。一級の人は、自分のやっていることを、自分の人生だと思い、話をするときは、自分の人生の話をする。

彼は、彼のまわりにうごめいているものをじっと見つめ、「自然」の中にひそんでいるものを自分自身の中に見つけようとする。

芸術家は独創的であらねばならない、といった言い方があるが、これは浅薄に使われやすい言葉である。たとえば、昼間は眠って、夜目ざめて仕事するのを独創的だと思ったりする。それはただ、珍しい習性が、なんらかの理由でつけられてしまっただけの話である。この習性をこっけいで悲劇的だと思うのは芸術家の感性だが、独創的だと思う人は、芸術家の素材となるに適した人である。

芸術家にはこの種の独創性は必要ではない。必要なのは「自然」が内包する生命である。そこにある生命を掘り出すのが芸術家で、芸術家は生命を無から創り出すわけではない。

わたしがまだ世間に作品を発表していないころ、そして、わたしが文学についてひと言も語らないころ、わたしを「自然」から何かを掘り出すことのできる人間として扱ってくれた二、三の友人がいたが、そういう人たちは真正の芸術家だった。つまり、彼らは、独自の作品世界ともいうべきものを持っていた。「自然」を映した彼らの生活そのものが芸術品だった。

彼らの人生にまつわる独特の表現の中には、それをそのままテープにとっておけば、立派な文学作品になるものがあった。そして、わたしは今でもそれらの話を思い出して、つづり合わせて小説を書いているに過ぎない。

作家として暮らし始めると、人びとの何げない言葉を聞く機会が少なくなったような気もしている。

小説に書いてもらいたくてする人の話や、書かれまいとして用心している人の話は、あまり面白くないのが普通である。

そういう話には、吹く風の音がない。また見上げても、決して虹はかかっていない。もちろん、金の壺も埋まっていない。

大庭みな子Ⅳ　作家の肖像

ある夕ぐれ――川端康成

長らく日本にいなかったので自然日本の文壇のことにもうとくて、文人といわれる人びととも個人的な交際は数えるほどしかないわたしなのだが、川端さんはお目にかかった作家の中で心に残る方であった。

多勢の人たちの寄る会合の事務的な社交辞令の多い中でも川端さんの数少ない言葉は妙に印象の強いものがあったし、四年前芥川賞を受賞した夏、アラスカへ帰る前に鎌倉のお宅をお訪ねしたことがあって、そのときはかなり長時間にわたっていろいろなお話をうかがった。

夏の終りの夕ぐれで、長谷の川端邸のあの縁先で夏草の繁るのを眺めながら、ぽつりぽつりと話された。というより、川端さんは語らせることの上手な方で、相手からひき出した言葉を不思議なやわらかさで受けとめられる方であった。

鎌倉のお寺に連れて行って下さるというのでお伴をしたが、草深い遠い場所にあるいくつかのお寺をまわって、あるお寺ではわざわざ顔見知りらしい住職に頼まれて、閉っている門をあけて貰い、随分深い奥の院にあるお墓などを見せて下さった。そのしめった山径(やまみち)はかなりぬかっていて、もちろん車は通らなかったし、足もとがおぼつかなくていらっしゃるようなのが気づかわれて、わたしはためらったのだったが、その古いお墓をどうしても見て行くようにと言われてのことだった。

それは暗い木立の中で苔(こけ)むしてはいるが、立派なお墓であった。「どう思います、この墓を」とおっしゃるので、わたしが、「きらびやかな、お墓でございますね。権勢というものの哀しさが伝わってくるようなお墓だと存じます」と言うと、川端さんは「この墓にこれまでたびたびひとを連れてきたが、そういうことを言ったのはあなたが初めてだ」とぎょろりとした眼で睨むように見すえて言われ、わたしが困って黙ると、「あなたの言うことはほんとうですよ」と附け加えられた。それから帰り途、なぜかそのことを、二、三度くり返して、「そういうことだ」と呟かれた。

それから、もうかなり遅かったのだが、鶴岡の八幡宮をまわろうとおっしゃって、参道に沿って灯のともされている灯籠の絵や字をひとつひとつ見て歩き、わたしが好き勝手なことを言うのを面白そうに聞かれ、いちいち真面目な受け答えをなさるのだった。

日本の男の人たちは異常に誇りが高いのか、あるいはわたしが女としての魅力に乏しいせいか、わたしはごく日常の会話でも滅多に対等に扱って貰ったことがなくて悲しいのだが、川端さんは実に自然なこころのにじみでる物の言い方をなさるので、話をしているのが大層愉しく感じられるのだった。

あらたまって文学論などするということもない方だったが、書くことについてこんなことを言われたことがある。「あなた、何をしたっていいんですよ。どんなことでも。ただ、盗まなければ」わたしは悪い癖で笑いながら言った。「まあ、川端さん、わたくしに盗まれたいとお思いになりませんの。――人が語り伝えた心を盗むということでございますよ。わたくしは人の心をせいぜい盗もうと心がけております」すると、川端さんは「ああ、ああ」と言って笑われ、急に真顔で、「ところで、あなた、悪いことをしたことがありますか」と訊かれるので、「――それは、――いたしました。きっと、よいことより悪いことのほうをずっと沢山」と言うと、おだやかな眼で確かめるようにわたしの顔を見直された。

川端さんは決して寛容ではなく、冷ややかで恐ろしい眼を持った方だった。その作品の魅力は冷徹さにあるといってよく、ただそれが人の世の哀しみをたたえた妖しい翳の中に秘められていたということにある。

色紙を何枚かいただいたが、明恵上人の歌より、

「風や身にしむ、
　雪や冷めたき」

というのや、梁塵秘抄の

「仏は常にいませども、
うつつならぬぞあはれなる、
人の音(おと)せぬ暁に、
ほのかに夢に見え給ふ」
というのがある。
その頃すでに何げなく、「そう長くは生きないだろう」と言っておられた。ノーベル賞を貰われる以前のことである。

こんな感じ――水上勉

水上さんとはヨーロッパの講演旅行で御一緒だった。講談社と日航がスポンサーの企画で、作家は水上さんと三浦哲郎さんと私だった。

それまで会などで一、二度お目にかかって御挨拶したことがあったくらいで、親しくお話したことはなかったのだが、旅を始めて、直きうちとけることのできた方だった。

私のことを社交的だという人もいるが、私は人見知りするたちで、なんとなくそういう気分になれないことも多いのだ。

水上さんは私を素直な気持にさせて下さる方だった。水上さんはきっと他人の誇りや屈辱に敏感な方なのだろう。そのことは私を快い気分にした。

自分が傷つけられることのみに異常に敏感で、他人の悲しみに鈍感なことを、自我の強さにすり変える人がいるが、そういう人に私はあまり関心がない。むなしい気持がひろがってしまい、自分を無力に死んでいく者のように感ずるから、離れているしかないのである。

水上さんは相手に自由にものを言わせることのできる方だ。自由にものを言えないことの屈辱をよく知っていらっしゃるからなのだろう。あるいは、私が女であるため、男性社会である中での私に気を遣って下さっていたのだと思う。

作家とはある意味で似通った種類の人間なので、他の作家を見るとき、自分自身をみつめるように目をそむけたくなることが私にはある。

だから、作家であることだけを唯一の自分の証明であるかのように思っている人とはあまり長くは話せない。

大むかしの文学の世界はそれぞれの作家は孤独で、その孤独さのゆえによいつながりを得たかもしれないが、今では利益社会に固く結びついているので、同業者であるということは、会社員が企業の中で同僚に会っているようなところもあり、作家であるという立場だけでものを言うことは味気ない。

もちろんそれは文学の本質には大へん反するもので、作家である以上は誰でもそのことを苦々しくは思っているのだが、長い間その中に生きていると、それぞれの処世術を身につけてしまっていることが多い。

そんなことを忘れる暮しに私は憧れていて、作家であるよりも人間として話のできる人を夢みている。

水上さんと何日かの旅の間中、ときどきお話する機会があったが、多分、この方は文学の世界を離れても、人間にまつわることをしみじみと話し合える方ではないかとふと思った。

水上さんの奥さまはとても感じのよい方である。夫人をこういう人柄における夫君、水上さんを敬愛している。

もちろん作家という職業柄、水上さんは私と同様大変勝手な生きざまをしていらっしゃるには違いないが、その勝手さを相手に赦(ゆる)させる力を持った方に違いないのである。夫人はほっそりした美人であるにもかかわらず、ある意味では夫君の保護者となり得ているようなところがある。多分、妻にそうした弱さをもためらわずに見せるところも水上さんの大きな魅力のひとつではないのだろうか。

畢竟(ひっきょう)、人間というものは独りでは生きられない生物であって、他人に頼るしかないし、頼らせてやるしかないということを、水上さんはよく知っていらっしゃるのだろう。

偶然のことで、水上さんの御子息という方にお逢いしたことがある。彫刻家舟越保武(やすたけ)氏の展覧会でおめにかかったのだ。水上さんの面影が不思議なほどある方で、大したお話はしなかったのだが、親と子のよい関係を持ち得ている気配に心が和やかになった。

この御子息は不思議な生い立ちをされた方のようで、水上さんが幼い頃から手元に置いて育てられた方ではないということだが、成人されてからめぐり逢った父と子の間にも理解し合えるものをつくることのできる水上さんのお人柄にも魅かれた。

ずいぶんむかし、水上さんの書かれた文章で、自分は憎しみの強い人間で、与えられた傷を決して忘れることはなく、執念深く抱きつづけるというような言葉が妙に深く心に残っている。

作品とはそういう執念深さなしに生まれないものであろうということを、私もまた身にしみて感じている者だ。それは、他人の憎しみにも敏感なことであって、反省をも伴うものである。自分の想像力に疑問を持ちつづけるということでもある。

憎しみとは自分の弱さや無力感と抱き合わせにあるもので、そのことが他人の弱さや無力感につながるときに、作品を生む強さが生まれるのであろう。

水上さんは人間が好きすぎて、人間が嫌いになる瞬間を持っている方のように思う。

連続する発見――小島信夫著「作家遍歴」を読んで――

「完成している」というような言葉があるが、そんなことは果してあるものであろうかといつの頃からか思うようになった。

もしそんなことがほんとうにあり得るとしたら、「人類はこれで終り」と言われたような気がして気分がよくないに違いない。生まれたということは、いずれ死ぬということなのであろうが、同時に、生きているうちに何かを生むということである。

子供を生まなくても、生きていれば、自分がここにあり、何かを考えていることが、何らかの意味でほかの生きているものにかかわっていくので同じことである。

どんな人間だって、生まれたということは、そういうことである。自分自身がそうなのだから、他人の存在が自分に無関係であるわけがない。

みんなつながりあって、初めもなく、終りもなく動いているのであろう。

「作家遍歴」を書いた小島信夫は不思議な作家である。いつも、いつも、他人の中に入り込もうとしている。そしていつの間にか入り込んでしまい、他人が自分であるような顔をしている。だから、彼の作品の中の人物は自由に動いている。あるいは、他人が自分の中に入り込んでしまっているのであろう。彼が語っている人間と彼自身にはシャム双生児のような具合に、同じ血液が流れているように思える。

彼は何年か前、宇野浩二のことを書いていた。宇野浩二は友人の広津和郎に小泉八雲の全集を見せて、これはいいよ、と言ったのだそうである。そう言ったということは小泉八雲が何かの形で宇野浩二の中に入りこんでいたということであろう。

小島信夫は宇野浩二のことを書いているうちに、八雲のことや、宇野浩二の気にしていたロシアの作家たちの姿が大きくのさばり始めたことに気づいたのであろう。

彼が小泉八雲のことを書こうと思ったのは、それに加えて、八雲がアメリカの人だったからかもしれない。彼自身もアメリカに暮したことがあるし、何よりも日本人は大抵、アメリカのことが良い意味でも悪い意味でも気になっているからであろう。

小泉八雲はアメリカにいた頃、ピエル・ロティやボードレールを翻訳したことがあるのだそうだ。それから母親はギリシャ人で、八雲自身黒人の女と同棲していたこともあった。その後日本に来てから、日本人の女と結婚したことは誰でも知っている。

いずれにしても小島信夫は小泉八雲からいつかの間にかチェンバレンだの、フェノロサのことが気になり始めた。これは当然である。その人たちは小泉八雲とかかわりの深い人たちだったから。

こういうかかわりは次から次へと広がっていくものである。その人たちがどういう人たちの書いたものを読んでいたかとか、またさらにそれらの本を書いた人たちは、他のどういう人たちのことを思い浮かべていたかということによって、際限がない。

こういうふうにして一つのものは無限に広がり、無限に深まっていく。そして、考えてみると、一人の人間がそこに在るということは、まあそうしたことだ。

だから、言葉をかえれば、遍歴ということは、何かのとっかかりで、思わぬ場所をさまようにしても、見知らぬ人間の心の中をさまようにしても、結局は自分自身を確かめていることとなのである。

そんなわけで、いつの間にか小島信夫はデュマだの、トルストイだのドストエフスキーだのゴンチャロフだのセルヴァンテスだのスタンダールだのと、次から次へとのめり込み、それらの作家や作品についておびただしい頁を費して書きつらねているが、実はこれらは全て彼自身のことなのである。

実際、そこに彼自身の発見がなかったら、どうしてそんなばかげたことができよう。ほら、ここにも私がいた、おや、ここにも、というわけで、彼は彼らすべてと一緒くたになってしまったのだ。小島信夫だけがそうであったわけではない、スタンダールはドン・キホーテになり、トルストイが自分の書いた「アンナ・カレーニナ」のアンナや「戦争と平和」のピエールになったと同様に、秀れた作家はみんな誰かになって、はあはあ息を切らしている。そこで読者も、小島信夫のことなど忘れてしまい、そこに登場する作家だの作中人物になってしまい、そうだ、そうだとついていくわけである。これは自分のことではないか、と思えてくるのである。

こういう書物にのっかって、ただ、心と体を柔軟にして、ふんわりとしていれば、それだけで、宇宙旅行ができる。なんとなく、他人が自分であることが愉快であり、他人も自分であるような気がし出してくる。

長い思い出——谷崎潤一郎

谷崎潤一郎の作品に初めてふれたのは、確か十二、三の頃だったと思う。どういうわけか、谷崎潤一郎の本が随分たくさん生家には揃っていた。多分、文学好きだった母が集めたものだったのだろう。

更にその先を辿れば、伯母に当る人が、谷崎の愛読者で、母はその影響を受けたのであろう。この伯母は近在でも有名な美人で、同じ年頃の男たちは歯の抜けた老人になってまで、「お前さまの伯母さまは青年たちの憧れの的でありました。袴(はかま)を胸高に女学校に通うその姿を見たいばっかりに、用もないのに青年たちは、あねさま（新潟地方の良家の娘の敬称）の通り道をうろうろしたものだ」というようなことを言って聞かせたものだ。

この伯母は文学少女で、少女時代藤村などの主宰する文芸誌に投稿したりしていたことがあるという。実生活では、どうやら、谷崎の女主人公に自分をなぞらえていたのではないか。何人かの競争者を蹴落して伯母を射とめた伯父には伯母を妻として扱うというよりは、女主人にかしずくという感じがあった。

何をきめるにも美しい妻の顔色をうかがい、我がまま放題させ、美しい着物を着せ、その姿にうっとりと酔い痴れているところがあった。我がままであればあるほど、それを歓ぶ気配さえあった。

口数の少ない、気位の高い伯母には、夫をそういうふうにしておくのがごく自然に思える官能的な妖しさがあった。

私が随分早くから谷崎の作品に親しむようになったには、そんな背景がある。

少女の私は直きその世界のとりこになった。まず、「刺青」とか「少年」とかごく初期のロマンティックなきらびやかな作品が、私の胸をときめかせた。

実際、「少年」の遊びに似た遊びを、私もまたもっとずっと幼い頃経験していた。私の仲良しの少女の兄とその仲間は、戦争ごっこと称して、少女たち二人を捕われのお姫様にして、後手に縛り上げ、柱にくくりつけた。それから拷問と称して椅子に縛りつけて、くすぐったりした。幼い子供は足の裏や脇の下をくすぐられると、息が止まりそうなほど苦しく笑いにむせぶのだった。実際、息が止まるのではないかと思うほど身をよじらせて少女たちは苦しがった。

しかし、私たちはその秘密めいた快楽のため、その遊びのことを決して大人に告げなかった。

また、子供たちは、ヘンゼルとグレーテルごっこもした。ヘンゼルとグレーテルは継母に虐められ、森の中に捨てられ、月に光る小石の代りにラムネ玉を床にばらまいた。しかし、とうとう森から出られなくなって、魔女に捕えられると、肥らせられてから食べられるために、毎日指を出して見せなければならなかった。

ヘンゼルは狭い押し入れの中に犬のように這いつくばらせられ、指を見せ、グレーテルは泣き泣き掃除をするのである。

私は「少年」を読んだとき、この作家はこっそり私たちのやったことを見ていて、私たちが心の中で実はもっときらびやかに夢みていたことを、書いてくれたのではないかと思ったほどだ。

だがまた、この同じ作家の書いたものを、伯母や母があれほど熱心に読み耽っていたのだと知ると、大人の考えていることもまた自分たちと大して変りやしないのだという、嘲笑に似たふてぶてしい平等感さえ湧いてくるのであった。

それは、子供たちの眼から遮られている、公表してはならない真実の世界、しかし、大人なら享受しているに違いない歓喜の世界、というふうにも思えた。

考えてみると、私はそれ以来ずっと谷崎の愛読者である。戦争中、空襲の中で、彼の作品を女学生の私はどれほどむさぼり読んだことか。その傲慢な頽廃美の世界こそが、不思議な条件のもとで、異常な若さで（私は終戦のとき十四歳だった）私に、目にあらわれているもの、たとえば狂気じみた人間の叫びや、燃えさかる戦火以外に、人間の持ち得る愉しみがあるということを教えてくれたのではあるまいか。

なぜか「細雪」は私の好みではなく、青春期以後、しばらく谷崎の作品を読まなかったが、外国で暮していた頃、「鍵」や「瘋癲老人日記」を読み、私の思春期の思い出に重って、この作家の青春期の匂いが鮮やかに甦り、その一貫した好みがこの老年期の作品の中にもみずみずしくにじみ出しているのを知った。

思えば彼の耽美にはその昔から切なくも滑稽な冷徹さがまとっている。そのことこそが私をかくも長い年月彼の作品に魅きつけた理由のように思える。

面影——円地文子

円地さんが順天堂病院に入院していらっしゃった時は、ときどき伺ってお話するのを愉しみにしていた。退院なさってからは、私の方も病人があったり、スケジュールがつまっていたりで、一段落ついたら池之端のお宅に伺おうと思っていた矢先の訃報だった。

「アメリカに一緒に行きたい」

と思い出すように、二度ばかりおっしゃっていたのに、おからだが無理なように思われて、果せなかったことをなぜか急に思い出し、胸がつまった。

円地文子は見たくないものをも見据え、それ故にこそ見たいものに酔うことのできる作家だった。見つめるものの重層して織りなす光の綾が、その妖しさになった。

円地文子は私の母の年代の人だったので、私は彼女と話していると、母と話しているような錯覚を起し、言い返したり、抱きしめたりした。彼女の小さな細いからだは、しなやかで、若木の弾力を持っていた。肩凝りというものをついぞ知らない、と言う彼女の言葉を聞くと、私は重い餅が貼りついているような自分の肩を呪った。

彼女は思いつくままに、遠い空に黒い鳥を放つような物の言い方をした。私は彼女から悪意のある他人の悪口を聞いたことがない。ほかの作家や作品について素直に思っているままのことを言ったが、それはむしろ爽やかなすがすがしさを感じさせた。

晩年、目を悪くし、人の作品は誰かに読んで貰い、聞いたようだが、私を目の前に置いてもこんなふうに言った。

「あなたの作品を聞きながら睡ってしまったわ。だから、筋はよく覚えていないのよ。でも、耳に残ったところが、夢になったわ」

だから、私は退屈な自分の作品を恥じて苦笑するしかなかった。

目が悪くなってからは、原稿は語るのを書かせたので、その文体はかつての華やかにまつわるものが次つぎとそぎ落され、山の水の流れる音に似て来た。

ある朝目醒めると、突然手足が動かなくなっていて、長い病院生活に入ったが、少なくとも、御茶ノ水の病院にいた頃の彼女は、口ももつれず、頭は異様なほど冴えていて、長い間気にかかっていたことを、はらりとこぼすように呟き、私をはっとさせた。

彼女は発心（ほっしん）を夢みながら、最後まで発心を拒んでいるように見えた。

入院してから彼女は自分がやるはずだった上田秋成の雨月物語と春雨物語の新訳を私に

代りにやるように言い、思いつくままに彼女の秋成の世界を私に伝えようとしてくれた。

彼女は、大悪人があるとき突然発心する「樊噲（はんかい）」という春雨物語の最後の作品をよいと言い、私は彼女がなぜそう言ったかを「樊噲」を読みながら何度も考え、彼女の全ての作品がそこに重なるような気がした。

彼女は生きるエネルギーを賛えると同時に、そのエネルギーを雨の中にじっと見つめる人だった。


彼女と私の年齢の開きは、母と娘ぐらいだったし、作家として双方とも娘を持っていたので、母と娘のせめぎ合いについて、何となく語り合うことがよくあった。

もしかしたら、二人ともいつもそのことを考えていて、何げなくその話に近づき、うまく言えず、悲しみを残してそこを離れた。

「女」に「子」というものをつくる男の話も同じだったかもしれない。

男について言うなら、彼女の生涯は幸運ではなかったように見えるが、私は彼女の隠された襞（ひだ）の中に、あまりにもみずみずしいものを感ずるので、彼女を支えていた力は、やはり男性の影であろうと信じている。

彼女は異性について、苦にがしくも語ったが、同時にそれをしのいで、甘く、美しく、愛らしいばかりに語ることが多かった。

彼女の想い描いている異性の力こそが、まがいもない女性作家円地文子の生命となっている。

ちょっとした物言いは、その人が生きて、通り過ぎた時代の精神の響きを伝える。彼女の物の言い方や仕草には、私の母の世代の知的階級の日本の女を象徴するものがあり、私は六十二歳で死んだ母が、今もし生きていたら、多分このように言うのであろうと思ったものだ。

たとえば、日本のその時代の社会で、生まれた家の中では甘やかされて自由な表現を許されながら、全体の情況をよく知っている女性の賢こさのようなものを、身につけている人の嘆息を、私は円地文子の肉声の中に生暖かく聞いていた。

彼女の周辺で閉じこめられている女たちの息吹きは、彼女にのり移ったとき、驚くほど大胆で、物怖(ものお)じしないものになった。

女に限らず、閉じこめられた生きものを、想像したらよい。固い殻も巨大な力が加われば破れて裂ける。殻に護られて安全だったとき、ひそやかに甘く、人の目に触れないという理由で、誰も知らなかったものが、思わぬ芳香と鮮やかな色を溢れさせる。

円地文子が鶴屋南北にゆり動かされ、明治以後の女流について語るとき、

「やはり、与謝野晶子でしょうね」
と言うとき、これらの批評の奥には、強靱な同じ糸がぴんと張られている。

合掌

壮烈な闘い――野間宏

野間宏は壮烈な男性の闘いの最後を象徴する死を遂げた。彼は七十五年の生涯を時代と共に生きて死んだ。彼は癌にむしばまれて死を目の前にしても、これからアメリカやフィリピンに行き、そこに在る世界をみつめ、作品を書き続ける意欲に燃えていたという。生きて存在し、大地に還った者は決して死ぬことはないのだから、野間宏はやがて生まれ出ずる者の中によみがえるであろう。

彼は全体小説ということを言っていたが、実際には男性に生まれた文学者として時代と社会の欲望の中で、男性的闘争に終始した作家のように女性のわたしには見えた。

彼は現実を直視するよりは、夢想に賭ける浪漫的な情熱の持主だった。「青年の環」「歎異抄」「親鸞」の人間救済の熱気は、地球汚染や被差別部落の問題につながり、南北や世阿弥の世界への没入にもなった。

不断に前進する不屈の精神が彼の情熱を支えた。わたしはあまりにも自分とは異質なこの作家の才能と在り方に驚き、あるときは激烈な言い合いとなり、不興を買うこともあった。

彼は引き出して読むこともできないように積み上げられた書物の山の中に住み、わたしが意見がましいことを述べたりしようものなら、激昂して舌がもつれてしまうという有様だった。

ともあれわたしは本のことに限らず、彼に現実を直視するきっかけを与える数少ない後進の一人だったと思っている。だが、現実を超えて、夢想に生きるのは、作家として貫く稀有な才能でもある、ということぐらいはわたしも知っている。

野間宏はときに奇人とも見え、その行為は矛盾の塊りと見えることもあったが、幼児のように純真でユーモアにみちみちた不器用な男性の魅力を持っていた。

彼の死後、野間宏とわたしの共通の友人である美人がやって来て、ながながと話し込んだ。彼女はもう長年にわたって野間宏への讃歌を逆説的表現でわたしに聞かせるためにのみ、わたしを訪れるのではないかと思われるが、その話があまりに面白く野間宏を彷彿(ほうふつ)とさせるので、わたしはつい相槌を打ったり、やんわりと訂正したりする役目をひき受けさせられることになってしまっている。

たとえば、野間宏は周囲の女性を口説かないと恨まれるという信念を持っており、かつあらゆる女性は自分を挑発し続けていると夢想しているから、意を決して口説きを実行に移すときは、「お待たせしました」という態度になってしまい、女としては、たとえ好意を持っていたにしても、「まあ、ありがとうございます」というわけにはいかないと言うのである。

わたしはにやにやしながら、この話から、野間宏が周辺の女性を口説かないと女性の恨みを買うという信念を持っていたのなら、周辺の女性たちもまた余程頭が悪いのでなければ、相手に憧れのまなざしを投げかける労を惜しむほど無礼ではなかっただろうと想像した。

何れにしても彼女は野間宏の死に幾晩も泪(なみだ)をこぼした。その小さく痩せた遺体を両手に抱きかかえて群衆の中をよろめき歩き、人の波にもまれてずり落ちそうになる軽い蠟(ろう)の仏に似た遺体を抱え直す夢を繰り返し見たと、泪を浮かべて語った。

大庭みな子 Ⅴ　少女時代の回想

母の死

母が死にました。母はかなり自分勝手で我儘なところのあるひとでしたが、わたくしはその母から随分沢山のものを受けつぎ、かつて母に感じたやりきれなさやいとおしさを自分の中に見ることが多くて、母が死んでしまったことは影を失った寂しさです。

母の口癖は、若葉が伸びれば古い葉は散る、という言葉で、古いものは何かを伝えながら新しいものに変えられていくべきだ、ということをはっきりと知っていたことのようでした。勿論、口で言うこととは反対に母の日常は、往生際の悪い、昔ながらのやり方を子供達に押しつけることも多かったのですが、そういう自分のやり方を反省するようなものを言葉の端にのせないことはありませんでした。「わたし達は古くさい人間だから。ああ、これは動脈硬化だわ。もうろくしたんだわ」と言ったことを自分の血圧の高いことにかこつけて嘆いておりました。

自我が強く、思うことを表現せずにはいられないたちで、心の冷たくなるようなほんとうのことを、夫や子供達にさえ言うひとでした。情熱的で、ひとの心に感動することが多く、異常に感じやすいこころを持ったひとでした。権威に対する疑い、というものをごく小さい時分にわたくしに教えてくれたのも母でした。太平洋戦争中、神風特攻隊と称して沢山の若いひと達が死んだとき、「あの人たちはみんな気がおかしくなったのよ。わたしは往来にとび出して大声でわめいてやる」といきり立って、当時海軍の軍医だった父を困らせたことを、わたくしは母の最後の脈をとりながら枕元に坐っている父を見て、思い出していました。

母の病名は脳血栓というので、脳中枢に近い血管がつまってしまったため、からだのいろいろな部分が次々と麻痺を起して、遂には窒息死したような具合だったのです。そのとき、口の中にあふれたものを嚥み下せなくて、チアノーゼを起し始めた母を、主治医の方を中心に何人かの方々が、一時間にも亙って人工呼吸をしたり、強心剤を打ったりするのを、医者である父は何一つ口をはさまずにそばでじっと眺めていましたが、最後に、「あきらめのため、とりもどせるか、最後に心臓に一本」と言って、強心剤の太い針を直かに心臓に突き立てることを、主治医の方にお願い致しました。反応はなくて、何もかもすっかり終ってしまうと、父はうなだれている方々に頭を下げて申しました。「みなさん、どうも御苦労さまでした。手をつくしていただきまして」

母はつねづね、「親が子供を育てるのは人間の本能で、あたりまえのことだから、それを恩に着せるつもりはないが、ひとには感ずる力と、考える力がある、ということを、わたしは子供達に伝えたいだけだ」といった意味のことを言い、感じすぎる心をあり余るほどわたくしに残してくれました。涙が直き眼にいっぱいあふれるような、一種のヒステリー的性格は、母からわたくしに、わたくしから娘にと受けつがれ、わたくしは苦笑しておりますが、母が死んでしまった今となっては、涙のあふれる腹立ちや哀しみを対象化したいと思うこの日頃です。

わたくしは母の死顔に化粧してやり、枕の脇にわたくしの最初の本を一冊入れ、ひつぎいっぱいに菊と百合をつみ入れました。

野辺おくりで十年ぶりに見る故郷の田植えの風景はのどかで美しく、わたくしは母の喪服を着て、母の草履をはき、焼場のそばの畦道(あぜみち)を何度も往き来して、母のからだが黒い煙になるのを何度も見上げていました。しばらくして、燃えている母のからだを見ようと思い、小さな覗き窓からかまどの中を覗き込むと、母の頭蓋骨と膝頭が、赤い炎の中でゆっくりとくずれるのが見えました。

地獄の配膳

敗戦の夏、わたしは十四歳だった。広島市から二十キロ余り東にある西条という町にいた。賀茂鶴というお酒のできる、水の美しい、合歓（ねむ）の花が霧の中で咲く盆地である。

その前年、女学校二年生のときわたしは愛知県からこの町にやって来たのだが、その頃はもう広島と呉は連日空襲を受けるようになった。両親は最初わたしを広島の女学校へ転校させようとしたが、思い直して町の小さな県立の女学校に入れた。お陰でわたしは命拾いをした。もし広島の女学校に通っていたら、八月六日の原爆でわたしは死んでいただろう。わたしと同じ学年の広島の女学校の生徒はほとんど全員死んだという話を後になって聞いた。一、二パーセント助かったのは、丁度そのとき、学校を欠席していた者か、何かの都合で学校にいなかった者だけなのだ。原爆が落とされたのは八時十五分だったから、全校の生徒が朝礼で校庭に集合していたときなのだ。爆心地で、あの死の光を真上から受けたのである。

敗戦後間もなく、八月の末から九月にかけて、県下の女学生たちは原爆後の救援に動員された。二、三十人のわたしたちの班が配属されたのは太田川のほとりにある小学校で、鉄筋のなかなか立派な校舎だったが、行ったときは窓ガラスは一枚もなく、吹き曝しの鉄骨とくずれた壁だけの残骸であった。そのとき広島市は見渡す限り瓦礫の原で、文字通り市街は壊滅の状態だったから、ともかくも形骸をとどめている建物というだけでも貴重な避難所だったのだ。第×収容所と称して引取手のない三百人余りの原爆の患者たちが収容されていて、その世話がわたしたちの仕事だった。

　わたしたちは雨風の吹きこむ教室の一つに雑魚寝して、毎日患者たちのために校庭で三度の食事をつくるのだった。風呂桶のような大きな鉄の鍋の下に火をたき、雑炊を煮るのである。じゃがいもやかぼちゃなどを入れ、米を放りこんで何時間もぐつぐつと煮て、それをバケツに入れて患者たちの間を縫いながら柄杓で一杯ずつ配った。

　床に投げ出されてひしめき合っている被爆者たちの形相は此の世のものではなかった。睫は焼け落ち、髪の毛はなく、皮膚は赤むけで、えぐれた火傷には無数の蠅と蛆がうごめいていた。生きている者と死んでいるものの見分けがつかない凄惨さであった。

　糞尿にまみれてうずくまっている人間たちのほとんどは声も立てなかったが、ときどきわけのわからないことを喚き、腕を振りまわして蠅を追う者もいた。頭のおかしくなっている者も大分いた。比較的軽症な者でも、這いずりまわっている怪物という感じだった。そういう三百人の患者の間を縫って、わたしたちは黙々とバケツで雑炊を配って歩いた。

朝の食事のとき生きていた者が、昼食を配るときはもう死んでいるというようなことが連日あった。三百人の収容患者のうち、平均、日に五、六人から十人近くが息をひきとった。死体は校庭の隅に掘ってある大きな穴に放りこんで火をかけた。雑炊を炊く釜の火と並んで雨の中でいつも二つの煙がいぶっていた。

食事を配るたびに、わたしは心の中で今度はどの患者がこときれているだろうということをぼんやりと考えていた。だが、いったいどうすることができるというのだろう。

わたしたちにできることは数滴の水を蛆の這う唇に流し込んでやることだけだった。それさえも幼い女学生の多くは脅えきって「みずう、みずう」と叫ぶ患者につかまると幽霊の喚く土饅頭の前に水を放り出すようにして逃げてくるのだった。

わたしが唇の中に水を注いでやった老婆は糞尿にまみれたござの下から財布をひきずり出してわたしに寄越そうとした。わたしが首を振って立ち去ろうとすると、「あ、あんた、どうか、蠅を、蠅を追っておくれんさい」と赤むけの顔をひきつらせて喘いだ。

瞼のふちにも鼻の穴にも唇にも蛆を這わせた老婆がわずかに身をもがくと、蠅はのろのろと彼女の皮膚から飛びあがり、再びゆっくりとそのぬめった皮膚の上に舞いおりた。

「どうか、どうか、このござをひきずって、あの雨の降る中に出しておくれんさい。雨にあたれば少しは、少しは……金はみんなあげる。財布ごと」

まわりの患者たちは無表情に老婆を眺め、蝿の中で寝返りを打った。一時間後、この老婆は死んでいた。

わたしたちにできることはただ雑炊を炊くことと、配ることだけであった。わたしたちが米をとぐのは水道の管が切れて流れっぱなしになっている瓦礫の間だったが、まわりには一面白骨が散らばっていた。指の骨、脚の骨、肋骨などがあった。骨の間に水が流れ、こぼれた米粒や馬鈴薯の皮が流れた。

ここに収容されていた患者のほとんど全員が遅かれ早かれ死んだのではないかと思う。わたしたちの仕事は地獄の中の配膳作業であった。

教室の一つには医師と看護婦がいて連日つめかける被爆者たちを看ていたが、彼等とていったい何ができたというのだろう。薬品といえばマーキュロチンキとオキシフルぐらいのものだった。歩いてやってきて列をつくって待つほどの体力のある患者をさばくだけがせいいっぱいだった。絶対に助かる見込みのない、蝿の中でまだうごめいている人間からは、ただ顔をそむけて立ち去るしかなかったのである。

その頃、米軍が東京に進駐した、と新聞は報道した。人々はこの地獄の絵図をくりひろげた原爆についてまだ何も知らなかった。これが日本の敗戦を決定した怖ろしい新兵器だということだけが囁かれ、この爆弾による火傷がただの火傷ではないということだけが、現在の事実から得た判断であった。

二百十日がやってきて、連日雨と風が吹き荒れた。街は水浸しになり、赤痢が発生した。そしてまた更に多くの人間が死んだ。雨の中で雑炊の鍋の下の火は燃えず、わたしたちは煙にいぶされて目を真っ赤に泣き腫らした。死体もまだ焼けきらないうちに火が消えた。

赤痢の発生で集団の罹病が気づかわれて、女学生は動員を解除された。わたしたちは広島駅のホームに着いた汽車の窓から荷物のように車輛の中にほうりこまれて、西条に送り帰されたのである。

十四歳の夏、わたしはものを言わなくなった。そしてこの夏の記憶はわたしの生涯を大きく変えた。歩き始めると、甦えるこの記憶はわたしを立ち止まらせ、人間というものを考え直させる人骨の杭となった。

ある成仏

去年の暮に父を亡くした。

死ぬ少し前、急に父に逢いに行きたくなり、ふらりと出かけて、ドライヴに誘ったことがある。

めずらしく富士が見える晴れた秋の日で、浜名湖のほとりで食事をした。

そのとき、何を思ったか、彼はむかしの女の話を始めた。そんな話を父から聞いたのは初めてだった。

その女の所在を探して欲しいというような口ぶりだった。

「実はむかしの住所の役所に問い合わせてみたが、そういう者はいないという返事だった。市町村合併などで、役所が混乱しているのだろう」などと言う。

「いくつぐらいの女(ひと)なの」

と言うと、

「そうだな、もう五十は過ぎたかもしれん」と言い、湖を眺めている。

父の話の内容からおしはかると、四十年近くも前の話で、その頃三十ぐらいだったのなら、もう七十じゃないかと思ったが、彼の幻想を壊すのも哀れなので黙っていた。

父は六十ぐらいの頃から自分と同じ年頃の男を、「あのおいぼれじじい」などと言い、「あの人、あなたと同じとしよ」と母が苦笑すると、

「お前は公平すぎる。おれはお前の亭主なのだから、お前はおれをとくべつに扱うべきだ」と文句を言った。

彼は自分を正当化せずに相手をなじる気弱なエゴイストだった。

はたから見れば、彼らは目立つほど仲の良い夫婦で、うんざりするくらいいつも一緒にいたが、夫婦仲がよいということは、お互いに異性が好きだということらしく、双方ともときどきは他の男や女に気をとられた。

その女もそういう女の一人だったのだろう。

「心が残っている女なんだ」父は言った。

「行きましょうか、今から」わたしが言うと、突然父の顔はきらめいたように思えた。

しかし、彼は、首をふった。

「無理だろう」

実際、彼は十五分の散歩がようやくで、遠いところに旅できるからだではなかった。

一年くらい前、わたしは思いついて、母のむかしの男友だちに自作の小説集を贈ったことがある。その頃のことを思い出して書いた作品がその中に含まれていたからだ。

彼は丁寧な返事を寄越した。母はもう八年前に死んでいたが、彼もまた病気だということだった。

父は十三も年若い母より、更に八年生きのびた。

母は糖尿病なのに、生菓子をぱくぱく食べるような人だった。入院していた病室で、見舞客用にといって手伝いの者に買って来させては、誰もいないとき自分でこっそり食べていた。だから、母は自殺したも同然だった。

そういう女と暮していたので、父は意志が強かった。

「おれは頭が悪いから、人の三倍ぐらい勉強しなけりゃ人並のことはできんのだ」というのが口癖で、その努力は子供の眼にも涙ぐましいものだった。

医者だったが、晩年まで専門書をよく読み、毎日丹念に毛筆で日記をつけた。

自分で言うように、彼は実際要領が悪かったのだろう。明治時代に三年も浪人して、遂に高等学校から大学へ進むコースを諦めたという。しかも、彼は怠け者で落第したわけではなかった。

「とうとう代数などはみな暗記してしまった」

彼の受験談はいつも子供たちの失笑を買っていた。

彼の息子たちもまた浪人ばかりしていたが、彼らは母の才気をも受けついでいたので、数学を暗記するなどということは思いつかなかったのだ。

彼は妻を自分より頭がよいと思っていた。しかし、その怠惰さを嘲(あざけ)っていて、一般に才気のある者を軽蔑していた。

人間に期待することが多すぎたので、いつも人間にがっかりし、そのうち一方的に他人を拒絶するようになった。

生涯に小説というものは二つしか読んだことがないそうだ。その二つは、ユーゴーの『レ・ミゼラブル』とトルストイの『復活』だった。

「あの人、あのワーテルローの戦役の長々しいくだりを全部読んだのよ。だからきっと小説嫌いになったんじゃないかしら」母は言った。

彼はこの二人の作家を敬愛していて、違った種類のものは文学とみなさなかった。文学好きの母が読みふけっている新しい小説がその辺りに投げ出してあると、半頁か一頁くらい読んで、「くだらん軟文学が」とはきだすように言った。

彼は異質のものを一切理解しようとしないかたくなな性格から、つねにがみがみと口うるさく小言を言ったので、子供たちは怖れて誰も彼に近づかなかった。

妻だけを溺愛しているように見えたが、それは、我執に捕われた人間の姿といったほうがよいかもしれなかった。そして友人を持たない父の孤独さは自分で勝手に築いたものだと子供たちはみんな心のどこかで思っていた。

死ぬ少し前頃からぽつぽつとむかしのことをとりとめもなく言うようになったけれど、子供たちは父親のそういう素朴さに馴れていなかったので、困惑し、かつて自分たちの言葉に耳を貸そうとしなかった父親に仕返しをした。

死ぬ少し前、わたしの手を握り、「お前が好きだ。だけど、他のみんなも、みんな、みんな好きだ」父は喘ぎながら言った。

わたしは、「お前が嫌いだ」と言われたように一瞬身を固くした。なぜなら、父が若い頃から口にしていた言葉でもっとも強くわたしの耳に残っているのは、「人間が嫌いだ」という一句で、その頃わたしは父が「人間が好きだ」と言っているように感じたものである。「みんな嫌いだ」という言葉を、「みんな好きだ」とすり変えることで、あるいはそれらは同じ言葉だと悟ることで、父は自分の力で成仏したかったのであろうか。それとも、彼は自分の生命がわたしの中に宿っているのを認めることで納得したかったのだろうか。

八年前、母が死ぬとき、わたしは『ふなくい虫』という作品を書いていた。そして、わたしの頭の中はその作品のことでいっぱいで、混濁状態の母のそばにいるのが落ち着かなかった。

父が死ぬとき、わたしの頭の中は『浦島草』のゲラのことで埋まっていた。

「お前が好きだ」と言われたとき、わたしは父のはげしい愛憎の針が心臓に突きささり、母のしゃくりあげる声が甦ってきた。
わたしの生命は、たしかに彼らの生命をうばうことで生きながらえたのである。

とらわれない男と女の関係

子供の頃、父は毎週のように家族を連れてどこかに出かけるのが好きだった。ピクニック、みかん狩り、松茸狩り、舟遊び、釣りなど、近くの行けるような場所には大抵くまなく出かけた。

街では縁日、映画などにもよく連れていかれた。金魚だの、バナナの叩き売りなど買って帰るのである。

ピクニックに出かけると、肥っていた母は、はあはあ言って、丘の上などには登らず、

「あたし、ここで荷物と一緒に待っているわ」と言い、草原に坐りこんで動かなかった。

父は私と妹を連れて山に登り、戻ってくると、母は羊羹(ようかん)を一本くらい平げて、パラソルの陰でうとうととしていた。

「甘いものをそんなに食べると、ますます肥ってビタミンが不足し、体によくないよ」

と父はぶつぶつ言ったが、母は肩をすくめて、

「だって、あたし、我慢できないのよ、美味しいんですもの」

と言うのだった。彼女は年中お客様用にという口実で女中に生菓子を買いにやらせ、自分が食べていた。

そしてとうとう糖尿病で死んでしまったから、自殺したも同然だと子供たちに嘆かれるような母だったが、どういうわけか、夫婦仲は非常によかった。

ヒステリーですぐ泣き喚き、夫婦喧嘩をすると子供の前でも大声でしゃくりあげるような女をどうして父は気に入っていたのか。

父は家庭を大切にし、謹厳実直で、道徳的な人だったが、それだけに母の気ままさに救われていたところもあったのであろう。そういう母に耐えていたとか、諦めていたとかいうのではなく、かき立てられて、生き生きとしていた。

二人とも死んでしまってから、彼らの姿を思い浮かべるとき、父は母と一緒にいさえすれば幸せな人だったと思うのだ。

たまに母がいなかったりすると、父の不機嫌さは家中を暗くして、子供たちはやりきれなかった。同じ家にいても、ちょっと姿が見えなかったりすると、用があるわけでもないのに子供のように、いろんな部屋を覗いてみたり、庭をうろうろと探したりした。

父は医者だったが、母が死んでしまうと、実に思い切りよくぱっと仕事をやめて、呟いた。

「お母さんがいたから、おれは仕事をしていた。もう何もしたくない」

彼は早寝、早起きで、毎朝五時に起き、六時頃、小学校に入ったばかりの私を散歩に連れ出し、歩きながら、九九など覚えさせた。そして「An early bird catches the worm. 早起きは三文のとく」と英語と日本語で言い、ステッキで通りすがりの木を指して、「これはひのきだ」「あれはえのきだ」と教えてくれた。川があると、澄んだふちなどを覗き込み、「こういうところは絶対釣れる、今度日曜日にゆっくり来よう」と、ときめきをおさえ切れない顔で言った。

そんなに早く起きるので、夜はすぐ眠くなるのである。「もう、九時だ」と早くから、床につき、母が本を読んでいると、文句を言った。母は小説を読みながらも笑ったり泣いたりする人で、その声で父は目を醒まして「そういうばかばかしい本はやめなさい」と自分は読みもせずに、母の読む本はすべて軟文学だときめつけていた。

彼は新聞をお経のように低い声で音読するのだったが、あるとき妻の読んでいる小説をとりあげて、三頁ほど音読し、ラヴシーンにつきあたり、声を立てるのを中止し、それ以来、文学書はすべて軟文学という言葉で侮蔑した。それは武林無想庵（むそうあん）の小説だったのである。

さて、私の一緒に暮らし始めた男は、やっぱり、家族でどこかに出かけるのが大好きで、日曜日ごとに、あそこに行こう、ここに行こうと言い、アメリカにいた頃などは、アメリカじゅう旅をした。その度に連れ出される娘は車の後の座席で寝てばかりいて、ニューヨークに連れて行っても、シカゴに連れて行っても、ホテルのテレビにしか興味を示さなかった。

「お休みのとき、少しは家でゆっくりしていたい」

と言い出す始末だった。

正直のところ、私も内心、今日はどこへも行きたくないなあ、と思うことのほうが多かったが、まあ無理してつき合っていた。

イタリヤの旅では、私はくたびれきっているのに鞭打って夫が行きたいというピサの斜塔まで行き、塔の下に坐りこんで、動けなくなった。

「せっかく有名なピサの斜塔に連れて来てやったのに、ここまで来て登らない奴の気が知れない」

と夫婦喧嘩になった。

私は大体、旅してもホテルで一日ごろごろ寝そべって天井を眺めているたちで、それでも結構愉しんでいる。そのとき考えたことのほうがずっと心に残っていて、うわの空で見たもののことなどすぐ忘れてしまう。

釣りにも毎日のように連れ出されて、舟の上で寝てばかりいた。眠りこけている間に竿をとられて怒鳴られるという始末だった。けれど、今になって思えば、無理矢理連れ出された情景が大きく心に残っているから、やはり愉しんでいたのだと思う。

世間では、一般に男は日曜毎の家庭サービスにつき合わされるのが苦痛だというような声が高いが、実際には女のほうがうんざりしている人も多いのである。自分の例に限らず、私はこういう例をいくつも知っている。

それで、こうした不満にはたいして意味はなく、お互いに相手のせいにしていれば気分がよいだけの話である。男と女の間柄は自分の欲望をなるべく解放して世間の常識に捕われないほうが、うまくいく。

世間でそうだとされているようなことに、もっともらしく自分を合わせていると、双方とも硬直して、相手に対する好奇心を失ってしまう。

男にも女にもいろんな種類の人がいて、一様にこういうものだなどと思いこむのはいちばんばかげている。その時代の常識は社会で生きる場合便利なものだというだけで、永遠に変わらない真実というわけでもない。社会そのものが機械化されて変わってきているから、男女の役割も思考も変わってくるのは当然で、いちばん初めに変わったものへの変わった反応がすなおにあらわれるのは性的な関係においてである。

自分たちのやり方が世間の基準からはずれているとしても、相手がそれでよいと思っていれば、どうということはない。女が外へ出て働くのが好きなら、男を養うことを恥じる必要もないし、養われる男が必ずしも無能というわけでもない。

そんなことを言えば、むかしの女はみんな無能だったということになる。

わがままに見える女が、押しつけがましく夫につくす女よりはるかに男に愛され、だらしなく見える男が、案外女房にも惚れられているのは、その自由さが、相手を生きている気分にさせるからであろう。

第三者に奇異に見えるそれらの表現は、すべてその性的な相手によって支えられていることが多いから、もし、その相手を失えば、全く違った人間になってしまうと考えたほうがよい。

たとえば、大人しい、地味な男は、華やかに目立つ女が好きで、その女はむしろそうした男に気に入られようとしていっそうそうなってしまうというようなことである。

女性の姿が目立ち始めて来たのは、決して女だけのせいではなく、そうした姿をよいと思い始めている男が出て来たということでもある。

わたしの子どもだったころ〈遊園地〉

随分幼い頃から私は本ばかり読んでいたようです。本があれば一日中ほんとうに幸せでした。いろんな空想をひろげることができたからです。

もちろん、砂遊びだのおママゴトだの、お人形ごっこもしましたが、そういうことも物語から得た空想の世界があったからこそ、面白かったのです。砂遊びでトンネルを造ったり、お城を築いたり、河を掘ったりして、御伽の国を設計していました。お姫さまや王子さまや魔女や悪い王様などを出没させ、砂がくずれると地震だということにしました。

着せかえ人形というのがありましたが、私は買って貰った印刷されたものより、自分で作った人形の台に自分で描いた衣裳を着せて、空箱だのきれいな缶だのを並べたり、ハンケチや残り切れをかぶせたりした家で遊びました。

画用紙とクレヨンと色鉛筆がありさえすれば、人形の衣裳はどんな贅沢なものでも、反対にどんなおんぼろでもつくり出すことができました。貧しい子供や、お金持の子供や、意地悪な人や、威張った人や、虐める人や、虐められる人や、賢い人や、愚かな人を人形の表情で描き分けることに私は夢中になりました。そして、それぞれの人形にふさわしい衣裳を着せ、ふさわしい言葉を呟かせて、勝手なお話をつくり、物語を進行させました。

登場人物には、それに似合った住居を与えなければならなかったので、空箱だの空缶だのハンケチだの布切れなどを敷いたりかぶせたりして、お城や、立派な家や、貧しい小屋などをつくりました。

部屋中にいろんな家を何軒かつくり、ところどころに丘や野や川を描いて、座布団や紐やその他それらしきものをしつらえて置き、街をつくった気になりました。

小さな小道具の類は人形と同じように絵で描いて切り抜いて、それを人形に持たせて遊びました。ピアノ、ヴァイオリンなどは絵に描きましたし、プールだのテニスコートだのは箱や布なんかを使いました。

部屋の間取りも好きなように考えて、立派なお庭や、噴水や、宮殿もつくりましたが、牢屋や貧しい漁師の小屋もつくりました。そういうものをつくっているうちに、また新しいべつの家もその家族も必要になって来ました。つまり、ひとつつくっているうちに、それにつながるべつのものが頭に浮かんで来て、またそれにまつわるお話が生まれてくるわけです。

家の中の道具や、縁側や柱は小さな紙人形から見れば、とんでもないものになぞらえられました。小っぽけな茶箪笥（ちゃだんす）は聳（そび）える城塞になり、茶道具の並べられている格子の戸棚は牢獄になり、一枚のお盆は光ったダンスのフロアーになり、縁側の端っこは崖っぷちになるというわけです。

こういう遊びのできる友だちは滅多にみつかりませんでしたが、たったひとり公子ちゃんという人がいて、私はそのお友だちと来る日も来る日も遊びました。

考えてみると私はその頃からお話をつくることを始めたようです。私は実際、小学校の三年生くらいのとき、自分で挿絵を描いたお話の本をこっそり一人でつくっていました。そしてそれを公子ちゃんと二人で演じてみました。紙人形は二人以上いましたから、一人が二役か三役やることもあったのです。

私はその頃、日本の昔話に加えて、世界中の童話集を読み漁っていました。愛読したその何十冊かの全集のようなその本がどこから出たものか覚えていないのですけれど、箱の中には二冊ずつ入っていて、ところどころに挿絵のあったものでした。もしこの本らしきもののことを覚えていらっしゃる方がいらしたら、教えていただきたいものです。

日本の神話もありましたし、「ギリシャ神話」とか「グリム童話集」などはもちろんですが、「不思議の国のアリス」「フランダースの犬」「ブラック・ビューティ」「アラビアン・ナイト」「ニーベルンゲンの歌」などいろんなものがありました。

とにかくその何十冊かの本が私の幼年時代の最愛の友人でした。そしてそれらの物語の中から、私は自分の物語をつくることを覚えたのです。

その他、少女雑誌にのっているようなものも、いくらかは読みましたが、あまり覚えていません。

よく覚えていない理由はきっとこんなことだったのでしょう。

その頃は戦争中だったので、多分、その時代に出版された読みものは、子供向けのものであっても、何らかの当局の意図めいたものがあって、それが子供の心を魅きつけなかったのではないかと今になって思います。

不思議なことですが、子供というものは、大人の押しつけがましい意図をすぐ見破るもので、教育的な本は好きでないのが普通です。

戦争をしている日本の現実の状況は、あれをしてはいけない、これをしてはいけないと言われることばかりで、華やかに贅沢なことは罪悪だとされていました。そういうことを好む人たちは非国民と言われました。

けれど、私は、こっそりと華やかにきらびやかなものを夢みて、その世界の中で独り言を言って遊んでいました。

そして小学校の高学年になると、一足とびに大人の文学の世界に入ってしまいました。

私の家には幾種類かの文学全集がありましたから、それを片端から読み始めたものです。

それらはみんな戦前の円本時代に出版されたもので、当時（昭和十年代）からすれば一昔前のものだったのですが、どういうわけか現実の世界のことより私には面白く感じられました。

日本の文学全集も世界の文学全集も、またいくつかの個人全集も、母の好みで揃えられたばらばらの単行本もありましたが、いずれにしてもその内容は、その時周囲にあるもの、つまり空襲だの、戦局を報じた毎日の新聞などとはかかわりのないものでした。その現実には見たこともない世界のことの方が、私にはより面白く感じられたのです。

年月が経っても残っている物語には現在の時点での常識がなく、目に見えるものに照応し得るものがないだけに、その奥に流れている形のない人間の心だけが唯一のとっかかりであり、その形のない部分こそが私を捕らえたのだと思います。

秀れた作品には、その時代の風俗の下に流れている永遠に消えない部分がやわらかに息づいているものですが、私は当時古いものばかりを読んでいましたので、自然にその部分を嗅ぎとる感覚を身につけたのだと思います。

現実の日常生活の中にはない外国の物語や、過ぎ去った時代に過ぎ去った風俗の中で生きていた人びとの物語で、なぜそれらの風俗がありもしない、あるいは消え去った時代にも胸を打つかというようなことを、私は知らず知らずのうちに考えることになってしまったわけです。

この戦争中の奇妙な経験のお陰で、私はその後も現在自分の囲りで動いているように見えるものに、いたずらに苛立てられないで済む癖がつきました。たとえ囲りで戦争をしていても、此の世には戦争のない状態もあり得るのだということ、飢えている時代にも、飢えない状態があり得ること、反対に、平和であっても、戦争はいつなんどき起り得るかもしれないものであること、今飢えていなくても、飢えなければならないこともあり得ることなどを想像することができるようになりました。

条件が違えば、そこにあるものの形も違う、こういったことへの想像力こそが異った環境に育った人びとの間をも結びつけ、どうにか人間たちの社会生活を可能にするものなのではないかと思います。

未来が輝かしく開かれているように思える場合にばかり人間はいられるわけではありません。かりに世の多くの人びとが目ざしている行先が自分にとって愉しいとは思われないならば、自分は違った価値を見出せばよいのです。

新しい機械や、立派な家や、流行の衣服などは、この世に何かが起れば、あっという間に消えてなくなるものかもしれないのですから。消えないものは、それぞれの時代に、それぞれの人間がいかに生きたかということだけです。人間の永遠の姿は、人間が不可思議なものに目をみはってたたずむときの緊張の中にあります。それはあらゆる記憶の中からふっと目の前に立ちあらわれる陽気な幽霊のようなもので、その幽霊は予測のつかない奇妙なふるまいをするものです。それは最早、過去の幽霊ではなく、未来がどっと押し寄せてくるような感じの現在なのです。

子供の頃から私の夢みたのは、生きている人びとが、心のどこの部分で分りあって話し合って愉しんでいるのかということを見つけることでした。こんな話ができたらさぞ生きている気がするだろうというようなことをお話にして、私は遊び呆けていました。

他人の書いた本を読むと、自分が考えつきもしないようなことを考えている人がいるものだとびっくりして幸福でした。びっくりするということは何と愉しいことではありませんか。本は、面白くなければ途中で閉じてしまえばよいだけで、へんなことが書いてあれば、へんな人がいるものだと思い、用心することもできるし、へんでも気に入れば、そのへんなことからまたべつのへんなことを考えつくことも、言い負かし方を考える愉しさもあります。

いつの間にか、私も大人になってしまいましたが、今でも私は私のつくった遊園地で遊んでいます。人類が愉しく一生遊べる遊園地があればなあ、と夢みているわけです。

初出 「飛ぶ教室」第二号(春季号) 光村図書出版刊

その小径

その小径(こみち)のことをなぜそんなによく覚えているのであろうか。

私は十四歳だった。終戦の日もその小径を喘ぎながら登った。喘ぐほどの急な坂の途中に、窪みのように中休みする場所があった。

山間(やまあい)の谷間に片側の山を削ってつくられたその坂径はそこで折れまがっていた。頭の上に張り出した枝が涼しい茂みをつくっていて、私はいつもそこでほっと一息入れた。

左側の森もその場所はわずかな台地になっていて、そこに一軒の小さな家があった。その家には老いた顔色の悪い女と、青白くすき透った肌の若い女が住んでいた。

叢(くさむら)を分けるようにしてその台地に続く土手を薬瓶(くすりびん)を持った青黒い肌の老婆が這い上るようにしてゆく後姿や、高い台地から見下ろすようにきつい光の眼を真っ直ぐに向けて降りてくる青白い肌の若い女に、その窪地でときどき出遭うことがあった。

その家の後ろは再び谷に陥ち込むように昼でも暗い深い森があって、その森の中に小さな黒い沼があった。その沼にはじゅんさいという寒天のような透明な雫を茎と葉のまわりにつけた水草が自生していた。私は一度友人に誘われてそのじゅんさいの芽を摘みに行ったことがある。

　その沼に行った帰り途、私たちはきつい光の眼に射すくめられて立ちすくんだ。黒くなめらかな娘の髪は、沼の水をしたたらせているように見えた。まゆみや合歓（ねむ）の枝から洩れる陽が、黒い水の上にきらめいて踊る沼の中からその娘は生まれたのではないかと思えた。沼の主に見とがめられたように思えて、私たちは二度とその沼を訪れなかった。

　私はその娘と一度も口を利いたことがないのに、なぜかその刺すような光の眼でみつめられるだけで、妙な怯えでからだがすくんでしまうのだった。そして、娘の住む家のことがいつも気にかかっていた。

　小さな台地の家は木立ちに囲まれて、下の坂径からは屋根しか見えなかった。十八、九のその娘は白く光った高い額と、鋭利な刃物で深くそいだようなきつい光の眼を持っていた。

　坂径がその家の下にさしかかると、ときどききしんだつるべを手繰（たぐ）る音が聞こえた。その辺りの井戸は、覗き込むと遥か彼方の世界に続く小さな窓のように、水の光が見え、苔（こけ）の匂いとひんやりした空気が顔を撫で、吸い込まれてしまうように思えるのだった。

　その深い井戸から汲み上げるつるべの音は、長くいつまでもゆっくりと続いて、私がその坂を行きすぎるまで止まらぬこともあった。

その村ではどの井戸もそんなふうに気が遠くなるほど深かったから、山間を流れる沢に腰を下ろして洗いものをしたり、米をといだりしている女の姿がよく見られた。沢蟹が遊び、目高(めだか)が泳いでいる流れの早い沢の水は夏も氷のように冷めたく澄んでいて、笹舟を流すとあっという間に走り去った。

おじいさんは山へ柴刈りに、おばあさんは川へせんたくに、といった物語がある里の姿だった。

夏の宵、つるべの音の聞こえるその径を通ると、木立ちの間からうすい煙が立っていることがあった。野天風呂があるらしく、水を使う音が聞こえ、あるとき、木の繁みのわずかなすき間を、娘の白いからだがよぎった。馨(かんば)しい森の精のひそかな沐浴(もくよく)を垣間見た嬉しい気分になり、私は娘の刺すようなきつい光の眼を甦えらせ、足早にそこを通り過ぎた。

その坂の上の山間には、まだ何軒かの家があったから、その坂径を登るのは私のような少女ばかりではなかったろう。私はその窪地に身をひそめて眼をこらす人の姿を想い描いた。

私は坂径を登るたびに、つるべを手繰る音が聞こえはすまいかと耳を澄ますようになった。うすい煙が立ってはすまいかと木々の間を夕闇に透かすように見やった。そこを足早に通りすぎはしない人のことを、あの刺すような眼の光に誘われて森の中に吸いこまれてしまう人がいるのではないかというようなことを想った。

その娘の強い光の眼と、白いからだと、水の音を、なぜ私はこんなにいつまでも覚えているのであろう。その坂径の情景には、しつこい蜩(ひぐらし)の声がいつまでも嗄れてまつわったり、わびしいこおろぎが鳴いていたりする。螢がぽっぽっと飛び交ったりもする。土手の曼珠(まんじゅ)沙華(しゃげ)の血の色が明滅したりする。

終戦の日も私はその径を喘ぎながら登り、わけもなく流れる涙を汗と一緒に拭った。

その夏の終り、女学生だった私は広島の原爆投下後の後始末に動員された。白骨と瓦礫の中で被爆者たちと十日余り過ごして、この里に再び帰って来たとき、この谷間に群れて飛ぶ螢は無数の人魂(ひとだま)に見え、曼珠沙華の血の色は悪夢の鬼のかざす松明(たいまつ)に見えた。

遠い山をみる眼つき

幼い頃、わたしはヒステリー性の母に常に悩まされていた。彼女は娘をしらじらと突き放して眺めると思うと、突然、同化して、のり移ったように喚き出す人だった。同じことをしても、叱られたり、叱られなかったりした。

だが、そのことの無限の繰り返しは、わたしに人間の持つ不可解な両義性を妙な調和の中で体得させた。

彼女は人の心の微妙な動きのわかる人だったから、それは自然に子供の心に伝えられ、わたしは相手の機嫌の悪いときは身を引くことを覚えたのだ。とは言え、彼女には、同時に相手の心を力ずくで無視する自我の強さを誇る態度もあって、この態度もまた子供であるわたしに自然移行してしまった。

わたしはその両方を、妙にうら悲しいものに思っている。

明治生まれの母は、その時代の人にしてはかなり新しいタイプの女だった。はっきりしたもの言いをする人で、子供たちにもはっきりとものを言うことを要求した。

だが、後年、彼女はそのことを悔いていたようにも思える。

「わたしは、あなたたちを、自分の理想に近づけようとして、思ってもみなかったものを創り上げてしまったような気がするわ」

というような言い方をして、首を振っていた母の姿を、わたしはへんにはっきり覚えているのだ。多分、わたしが常々母のお手本通り、自分の心にあることをあけすけに吐き出して、相手を罵ったり、相手の意を受け入れようとしないようなときではなかったろうか。母は娘を冷ややかに眺めながらも、鏡の中の自分の姿にうなだれるように、わたしを見据えていた。

そして、わたしは、心の中で、「そうよ、こういうやり方は、みんな、お母さまから習ったものだわ」とうそぶいていたような気がする。

幼年期から少女期にさしかかり、大学に入る頃、母の姿が急に変わった時期があった。母はあまり小言を言わなくなり、代りに遠い山をみつめるような眼つきをするようになった。それまで、母はいつも、すぐ目の前のものだけを見ていたような気がする。

そういう母親の変化に子供は敏感である。だが、この敏感さもまた、それまでの過程で母から得たものでもあろう。

自分の子供と他人の子供をつとめて公平に眺め、普通の母親のように子供の機嫌をとったり、賞めちぎって、鼓舞してくれたりしない母をわたしは心のどこかで信用もしていた。だから、母の承認があることに対しては、安心もし、他人の評価を気にしなかった。「自分で考えなさい」これが母の口癖だった。「そして、ときに、他人の言うことを、ちゃんと耳を傾けてその意味を考えなさい」

彼女は、世の中でもてはやされることを、簡単にそのまま信じるたちではなかったので、そして批評家だったので、わたしはこの性向を受けつぎながらも、どこかで盲目的なバカな母親を夢みていた。

理屈を言わない母親だったら、どんなにいいだろう。バカみたいな、お父さんに虐められるお母さんだったら、もっと同情してあげるのに、と思ったものだ。

もっとも、母は年中きゃんきゃん言っている癖に、結局は父の言いなりになっていた。そして、わたしは、ほんとうはやっぱり母のほうが愚かで、父の方がずる賢いに違いない、と思ったものだ。

余談になるが、男と女の関係は、表面にあらわれる言葉は意外に反対の力関係を示すことが多い。そして、これはおおむね、どうにかうまく行っている夫婦である。

わたしは父の愛情をひき寄せるのに母と争って勝とうとは思いつきもしなかった。そういう意味では父親コムプレックスが異常なくらい皆無である。

同性の美点や欠点や弱点を、母を通じて見出し、母の呟く異性への不満や評価や讃美を、もっともなことだと思ったり、ときには首をかしげたりした。

母のことばかり書いたが、今では自分の立場が逆転して、わたしはかつてのわたしのような娘を持つ身分になっている。

わたしは自分の娘に対するあり方を判断することができない。

ただ、わたしは、いつの間にか、自分が、昔、よく母がしたように、言葉を失って、遠い山なみをみつめるような眼つきをしているように思う。

わたしは今、多分、あの頃母が考え、思い直しているような時期にいるのであろう。娘について、あれこれと言いたいことはたくさんあるが、言葉にならない。

母もきっと同じ気持であったのだろう。こちらの意見を述べてみたところで、育ち上ってしまった娘は、自分の好きなようにしかしないであろう。そして、それは、そのようにわたしが育てたからであろう。

わたしは小説を書いているので、言いたいことはみんなそこに書いてある。娘に興味があれば読むであろうし、興味がなければ読まなくても仕方がない。

わたしが死んでしまったあとで、読み、わたしが死んだ母を思い出すように、思い出すくらいのものであろう。いずれにしても、人は生きていく中で、何かを学び、わからないことが無限にあるとわかれば、それだけでも何もかもわかったと思っているよりはずっとましである。

娘とはとりとめのない話をする。娘は男の子を生んだので、育て方も違うであろう。赤ん坊を見ていると、かつて自分も育てたはずなのに、思い出せないことが多く、ただ可愛い。

「父と息子」は文学の永遠の主題といった趣きがあったが、「母と娘」は女の書き手が過去の歴史には少なかったせいか、今までは「父と息子」と同じ比重では扱われていなかった。

けれど、今後は「母と娘」はあらゆる表現の中でもっと大きな強い姿を持つことになるだろう。

「娘に伝えるもの」などという問い方をされると、わたしは反射的に今は亡い母のことを思い浮かべる。

そして、逝ってしまった母が、どれほど多くのものを言わずに抱きかかえたまま娘であるわたしの姿を見つめていたかが恐ろしいものに思われる。

母は娘を赦すと同時に、自分自身をも赦すことを選んだのであろう。

番外篇

共に生きる

アラスカの森の中に住んでいたとき、裏庭にはスワン・レークという名の湖があり、その名の通り秋が来ると白鳥が姿を見せていた。しかし、その数は年を追って減り、ついには子連れの一つがいとなり、ついには夫婦だけ、そしてある年から一羽だけになってしまい孤独な姿を水に浮かべていた。噂によると伴侶はどこかの家のクリスマス・ディナーになったらしいということだった。一羽だけの訪れは何年か続いたが、ついに新しい伴侶の姿はなかった。鳥というのはどうも一度結びついた雌雄の間柄はなかなか変えないものらしい。同じアラスカの動物でもオットセイなどは雄は雄で群をつくり、雌は雌の群で暮らし、繁殖の時期になると、雄同士の闘いで勝ち残ったものが雌の群を支配するという婚姻形態があるし、あまり群を作らぬキングサーモンはつがいで大洋を回遊しているから、一匹釣ったらそのそばにはもう一匹がいるから釣りを続けよと教えられたこともある。

さて人間はどうかといえば、どうやら鳥の遺伝子を受け継いでいるものが多いようだ。

鳥のように夫婦で巣を作り、子を生み、交代で餌をとって子育てをという形態がほぼ全世界の標準形である。鳥の中には雌でも子育ては一切しないで雄に子育てを任す南米のダチョウもいるようだが、大方は涙ぐましい子育ての共同作業をしているようだ。

アメリカに渡った四十余年前にはもうウーマンリブの波は寄せ始めていて、日本男児がまだ大きな顔をして女性を抑えていた国から訪れると、女性の活躍はまぶしいくらいの明るさがあった。同時に当時は日本と比べて比較にならぬ物質的な豊かさがすっかり解放感を与えてくれた。若さというものがあるうちはアメリカは魅力に溢れているし、今の若い人たちがすっかりアメリカに魅せられているのも仕方がないことだと、首を傾げながらも見守っている。

何かをしたい、このままではいたくない、と僻地の町での主婦業に満足できなかった私はノラのように家出を考え実行した。家出とはいえ大抵のことは目をつぶってくれる寛容な夫のことだから、ふたたび戻らぬ悲壮な覚悟はしないで済んだが、幼い娘を夫に託して南の大学の大学院に籍を置いたり、永年の夢だったパリを訪れたりした。そのときはそのときで大そうなことをしたものだと思い、それなりに意味のある生活をしているのだと思い込んでいた。

それから四十年近くの月日が流れいま振り返ってみると、どうやらその家出の時期や、その後作家としての仕事であちこち独りで過ごしたときの記憶が不思議と消えていることが多い。同じ旅でも夫や家族と共にしたときのことはずっとはっきりした記憶になっている。大そうなことをしていると思っていた時間は、短い人生の貴重な時間を無駄に使ってしまった、何と愚かなことをしたのだろうと、今はただただ後悔している。昔の作品を読んでいると、何でこんな馬鹿げたことを考えていたのだろうと思うことも多いし、もし私の作品を読んで家出をするなどの影響を受けたなどとおっしゃる方がいれば申し訳ないと頭を下げるしかない。

病に倒れて五年になるが、介護に専念する夫との悲しくも楽しい蜜月の五年の間、男と女のあり方をいろいろと考えさせられた。疑い深いたちの私は、魅力のなくなった女、弱くなった女などは、男は簡単に捨てて行くにちがいないなどと、密かに覚悟はしていたものだが、いざそのときが来てみると、夫の献身ぶりにはただ驚嘆するばかりであった。と同時に、何がこの見ず知らずであった他人をかくも深く結びつけるのだろうと、その不思議に打たれている。若い時代には、夫婦なんて性的に求めているからだとか、経済的に必要だからとか、恋の狂気の時期が過ぎたあとの夫婦の関係を、唯物的に見ようとしたし、説明もできたつもりだったが、どうもそうではないらしい。

夫はただ「弱いものには人は限りなく優しくなれるものさ」と澄ましているが、とにかくそういう気になってくれる人とめぐり合えたということを、この半身不随になるという悲劇的運命のおかげで確認できたことは何よりの幸せと思っている。

アメリカ文化が世界を席巻して、どこの国の人たちもただただ他人よりも先を走ることに目を奪われ、成長を、成長をと、その行き着く先も考えずに走り回るが、いつの間にか女性たちも巻き込まれて家庭も忘れ、荒涼たる人間関係の中に孤独をかこちながら、昼も夜もパソコンやテレビの画面に向かっている。そのような者の一人として自分の姿が浮かぶとき、ああ、何と無駄な時間を過ごしたことよと、最近はつくづく思うようになった。

今も汗を流して独りで男と同じ夢を持って駆け回るキャリアーウーマンの姿を目にすると、この人は何十年か先にどのような思いで自分の軌跡を振り返るのだろうかと気にはなるが、こればかりはそれぞれの人の思いや価値観があるのだから、人の言葉に耳を貸すことはないだろうし、私も若い時代にはそういう耳を持たなかっただろう。男の人でも仕事神話から目が覚めたときのことを思いやると痛ましい気もして、どうせなら倒れるまで覚めない方が幸せかなとも思えるが、そんな意地悪を言うのは止めておこう。

私は不幸にも病に倒れ、夢から醒めてこれ以上一緒にいることはできない蜜月の毎日を楽しむ幸せに浸っている。鳥のように終生ともに生きられる相手のいることを確認できたからである。引かれ者の小唄のような発言かもしれないが、家出をしても、不倫をしても、何よりも先ず最期まで共に生きられるパートナーを探しなさい、それから世界のことを考えなさいというのが私の遺言である。目が醒めても傍らに伴侶がいないなんて侘(わび)しいではないですか。

解説（宇野千代）

金井景子（早稲田大学教授）

宇野千代は、八十歳を迎えて刊行された自身の全集（一九七七〜八、全十二巻、中央公論社）の最終巻の「あとがき」を、次のように結んでいる。

私は自分のことを、小説家ではなく、随筆家かと思っている、と書いたが、小説であれ、随筆であれ、確固たる哲学的思惟なしに書けるものかと言う気がする。この点で自分は、文学者として欠格かと思うと、まことに肌寒い思いがある。

「確固たる哲学的思惟」を持たない自身を「文学者として欠格」として「肌寒い」と言うネガティブな宇野千代は、今日の読者にいささか意外な感じを与えるかもしれない。宇野千代とは、最晩年の随筆集『私何だか死なないような気がするんですよ』（一九九五、海竜社）のタイトルに集約されるように、生死をも超越した天衣無縫にして融通無碍の境地を拓いた存在として記憶されているからである。

しかしながら、はなから天衣無縫で融通無碍なひとに文学が必要なはずはない。また、百年近く生きたひとの歩みを、晩年のイメージを溯及させて解った気になるのも的外れな話であろう。宇野千代を、世間に流布する超越的な存在としての「宇野千代」像から解放するためには、「文学者」を目指しながら、結果的に唯一無二の「宇野千代」になったひととして捉え返す、何らかの工夫が必要である。

宇野千代は、一九二一年、「時事新報」の懸賞小説に応募した初めての短編「脂粉の顔」が一等当選し、文壇にデビューした。この時の筆名は、「藤村千代」――従兄である藤村忠と結婚し、北海道に暮らしていた。その三年後には、藤村忠と離婚して宇野姓に戻っていることを思うと、文学者・宇野千代のスタートが、戸籍名として宇野千代でなかったときに切られているのは興味深い。「脂粉の顔」とそれに続く「墓を発く」（一九二二・五、「中央公論」）で得た自信によって、文士として生きて行く決心をした一人の女性は、親から与えられた姓名を改めて択び直して、宇野千代になったのである。田村俊子しかり、宮本百合子しかり、近代女性作家たちの多くが、名前を択び直して文学的出発（あるいは再出発）しているのと重なることでもある。

本書の冒頭に収録された「模倣の天才」は百歳直前まで生きてしごとをし続けた宇野千代が、その三分の一の時点に位置する三十八歳の時に記した回顧録である。宇野千代は一八九七年一一月二八日に、山口県玖珂郡横山村（現・岩国市）に生まれた。二歳で生母・トモが結核によって他界したために、父・俊次は佐伯リュウと再婚した。「よよと泣かない」において言及される「二人の母」というのは、トモとリュウであり、米寿を過ぎて書かれた「風もなく散る木の葉のように」で「代々酒造りをいとなむ旧家であった家を早くから離れ、ついに定職を持たずに死んだ、放蕩無頼の父」と称されているのは俊次である。

宇野千代十四歳の折、父の決めた従兄・藤村亮一のもとに嫁入りするが十日で出戻るという体験をした。十九歳で同棲し、後に二十二歳から二十七歳まで婚姻関係にあった藤村忠は、亮一の弟である。

藤村忠と協議離婚が成立する前年から同棲していた尾崎士郎とは二十九歳から三十三歳まで正式な結婚生活を送り、尾崎と別れる直前から同棲をスタートさせていた東郷青児とは三十七歳まで同居した。東郷青児と別れることになったのは、東郷が宇野千代と知り合う直前に情死未遂事件を起こした女性と復縁したためである。

「好いおくさん」として上記の男たちと暮らしをともにしながら、「書く」ことを生業として択んだ宇野千代は、出会いと相手への同一化、そして別れという経過を、その時々の借り物の文体で「書く」という宿命を生きることになった。「学ぶ」の語源が「まねぶ」（真似をする）であることを思えば、「模倣の天才」とは真摯な勉強家の別称でもあるのだが、東郷青児の生と性の遍歴を聞き書きした『色ざんげ』（一九三五、中央公論社）によって宇野千代が文壇における不動の地位を得たことを思い合わせると、彼女の言う「模倣」が作風や文体のテイスト程度のものではなく、興味を持った存在にまるごと憑依する、独自性に満ち満ちた語りの創出へと発展していくことも、後に明らかになる。

ちなみにこの、興味を持った存在にまるごと憑依する聞き書きの系譜に、『人形師天狗屋久吉』や『日露の戦聞書』（いずれも一九四三、文體社）といった傑作があり、また男の一人称語りによる生と性の懺悔録としては、昭和文学の不朽の名作と呼ぶに相応しい『おはん』（一九五七、中央公論社）が生み出されていく。

「『私の文学的回想記』より」の「『色ざんげ』の魅力」には、東郷青児の「君はこの話を小説にする積もりで、そのために、俺と一緒にいたのだな」という科白が記されているが、東郷はおそらくこの作品から、取材などというレベルではない、自身の存在そのものを写し取られたような凄みを感得したに違いないのである。

かつて丸谷才一は『日本の文学46　宇野千代　岡本かの子』（一九六九、中央公論社）「解説」において『人形師天狗屋久吉』や『日露の戦聞書』、『色ざんげ』、『おはん』を、語り手／男と聞き手／女との関係から編み出された宇野千代独自の誘惑の言説と看破したが、興味深いのは、宇野千代が四十二歳から六十七歳にかけて、つまりは最も長く結婚生活を営み、出版社の経営（破産と多額の借金返済を含む）や執筆活動の協働者であった北原武夫との日々を書き残そうとしたとき、そこに生み出されたのは、いまだ傷を抱えながらもそれを「書く」ことで形象化しようと試みる、静謐な女の語り手による『刺す』（一九六六、新潮社）だったことである。『刺す』を読めば、語る／聴くことがこの作家にとって誘惑や挑発であった季節は終り、生きて在ることの証しそのものとなったことがわかる。

こうした分岐点を経て、八十六歳を迎えた宇野千代は回想録『生きて行く私』（一九八三、毎日新聞社）を刊行し、ベストセラーになる。瀬戸内寂聴の『わたしの宇野千代』（一九九六、中央公論社）によれば、宇野千代自身は新聞連載中から大きな反響があったこの作品を、読者にサービスしすぎたきらいがあると捉えてもいたようであるが、「花咲婆さんになりたい」に集約されるように、「自分がそんなに明るい気持ちで、自分の気持ちをしゃべれたことが、やはり幸福であった」という境地に到達して行く。宇野千代が愛した男たちのすべて、彼女を鍛え、支えた昭和文壇の仲間たちのほとんどが冥界に旅立った後、自身を語ることは彼等と生きた時代を語り継ぐことに他ならなかったし、八十代半ばに語り直される「宇野千代」は懺悔する主体ではなく、いかなるときも眼を見開き、その歩みを止めなかった希代の狂言回しとして、文学の枠を超えた読者を魅了したのである。

宇野千代を支えた人々は、数え上げればきりがないほど豊かであるが、ここでは宮田文子に焦点を当ててみる。

「男性と女性」の中で「私も宮田女史も、自分で自分のしていることが、なぜそうしているのか、と言うことが分らない」と称されているが、女優を経て、潜入ルポを探訪記事にまとめる新聞記者、武林無想庵の二度目の妻、ヨーロッパと日本とを股にかけて芸術活動・実業と多彩な才能を発揮した人物で、その破天荒な生涯は『わたしの白書　幸福な妖婦の告白』（一九六六、講談社）に詳しい。宇野千代は宮田に死化粧を施すほどの親友であったが、一九五一年に二人で二ヶ月にわたって欧州漫遊の旅をしている。敗戦から六年目、日本の女性作家としては初である。この年は林芙美子と宮本百合子という、昭和文学を牽引（けんいん）して来たといっても過言ではない女性作家二人が亡くなった年である。持病をおしておびただしい数の連載を抱え、講演をこなし、生き急ぐかのように逝った二人に比べ、宮田文子というコスモポリタンを水先案内人にして欧州を満喫し、長年憧れていた思想家・アランとの邂逅（かいこう）を果たした宇野千代は、五十四歳であった。宮田文子という友を得なければこの旅自体があり得たかどうかわからないし、また宇野千代が十二分に充電を果たし、翌年から始まる会社の破綻や借金地獄に堪えることができたかどうか。

　宮田文子をはじめ、青山二郎、中村天風ら、宇野千代が圧倒的に傾倒をした人々は、「その道一筋」というタイプではなく、誰にもカテゴライズされない異能の持ち主であり、戦前・戦後を通して既存の美しさや正しさ、豊かさを根底から問い直して来た求道者たちであった。文芸の王道を行く谷崎潤一郎や川端康成を崇敬しつつも、「書く」以前に「生きる」ことを愉しむ宇野千代にとって、常住、異能者たちから試されることは欠くべからざることであったろう。

「宇野千代」を読む喜びは、彼女が引き寄せた人々が彼女を再生させる奇跡に立ち会うことであり、ことばでそこに創られた時空間を快い緊張感をもって追体験することでもある。

解説（大庭みな子）

遠藤郁子（石巻専修大学教授）

大庭みな子は三七歳の時に『三匹の蟹』（「群像」昭四三・六）で第五九回芥川賞を受賞し、小説家として華々しいデビューを飾った。受賞当時は、夫の赴任先であるアラスカに住んでいたが、昭和四五（一九七〇）年に日本に帰国し、本格的に執筆活動を開始した。その後、小説だけでなく随筆も精力的に執筆し、アラスカから日本に帰国する前後の様子を語った第一随筆集『魚の泪（なみだ）』（中央公論社、昭四六・四）以降、晩年に至るまで、数多くの随筆集を残している。

彼女の小説世界は、思い通りにならない現実に苛立ち、互いの関係性が築けずに葛藤し、すれ違う、無数の夫婦や恋人、親子の声に満たされている。様々な声の響き合いで築き上げられた多声的で幻想的な空間が作り出されることで、立体感をもった小説世界が展開されていく面白さがある。随筆にもそうした創作の流れを汲んだ幻想的なものや構成的なものがあり、創作との境界線を曖昧にして越境する独特の世界観を楽しめるものがある。本書の「I　結婚は解放だった」に収められた「青い鳥」などはまさにそうした好例だろう。

その一方で、自身の生活や思想について歯切れの良い口調で明晰に綴られた随筆も多い。それらの随筆では、ときに挑発的に、ときにユーモアを交えて、刺激的な男女観、家族観、文学観が率直に語られる。そこには小説とは異なるストレートさと力強さが宿っている。「幸福な夫婦」などはそうした随筆の代表と言っていい。日本の離婚率が徐々に上昇傾向に転じ始めた一九六〇年代以降を時代背景として、「幸福な結婚とはいつでも離婚できる状態でありながら、離婚したくない状態である」と述べている。ここには、既存の制度や価値観に縛られずに男女が自由に惹かれあうことを自然視する、大庭みな子の思想がよく表われている。

「男と女」でも「世界の人口の男女の比率はほぼ同数で、現存する結婚制度が合理的か不合理かということは別問題としても、男と女がお互いに相手のことを考えなければ人生は成り立たない」と主張されるが、それは単純な異性愛主義とは異なるものだ。大庭文学は、自然の摂理を重視する『老子』の思想を内面化しながら、異質なもの同士がつながりあった先にある〈共生〉を一貫して志向しており、随筆でもその姿勢が貫かれている。

みな子は昭和三〇（一九五五）年に二五歳で大庭利雄と結婚した。〈小説を書き続けること〉が結婚の条件だったという。「結婚は私にとって大変な解放でした」（「孫悟空」）と言えるほどに、彼女の結婚は自由で満たされたものだったが、そう振り返る余裕を彼女が実際に持ち得たのは、小説家デビューを果たしてからのことである。

みな子は結婚の翌年に一子を儲け、昭和三四（一九五九）年に夫の勤務のためアラスカに移住し、小説家としてデビューするまで一〇年余りをその地で過ごした。いわゆる駐在〈妻〉として、また幼い娘の〈母〉としてあった、文学的な交流もほとんど持てずにいた当時のことを、彼女は「その頃、わたしは自分を流刑地に閉じこめられた囚人のように感じていた」（「著者から読者へ」『三匹の蟹』講談社文芸文庫、平四・五）と振り返っている。この葛藤と閉塞感の記憶が、「Ⅱ 生命を育てる」にあるように、「母性愛」に過剰な意味を付加しようとする世の傾向を牽制し、女性の多様な生き方を狭めるような風潮を批判する姿勢につながっていると考えられる。

しかし、無意味な繰り返しのように感じられる日常生活こそが人間の営みなのであり（「草むしり」）、「一人の人間が生まれ、生きているということの中には、途方もない長い時間をかけてその祖先たちが繰り返し、反復して得た生きつづける力がある」（「甦るもの」）のだ。生活の「囚人」だったというこの時期があったからこそ、彼女の中には生活者たちの呟きが蓄積されてゆき、それにより「Ⅲ 文学・芸術・創作」で主張されるような「文学は、生活の中にしか埋まっていない」（「創作」）という思想を獲得するまでに至ったのである。「思い出すままに」で、ナボコフやコジンスキィが自身の文学を確立する前にアメリカで自分を解放する機会を得た事実に自分自身を二重写しで見ているように、彼女が自身の文学を確立するためには、アラスカでの経験が必要不可欠であったと言える。

その後、日本に帰国し本格的に執筆活動を開始した彼女は、日本国内、国外を問わず、多くの知己を得ていく。彼女の交友関係は非常に広く、「Ⅳ　作家の肖像」に収録されているのは、その交友を示す一例だ。川端康成は、彼女が芥川賞を受賞したときに作品を高く評価して受賞を後押ししてくれた選考委員の一人であり、受賞後に交際を持つようになった。川端文学の魅力を「冷徹さ」に見るみな子の文学もまた、対象を静かに凝視し描写しきる同質の「冷徹さ」をもっている。こうした文学的共感が、二人の交流を可能にしたのだろう。

円地文子は、谷崎潤一郎賞で『寂兮寥兮（かたちもなく）』（河出書房新社、昭五七・六）を推奨した選考委員の一人で、女性作家たちの交流の場であった女流文学者会などでも親交があった。日本古典文学の素養を備えた円地との付き合いは、彼女の文学活動にさらなる広がりを与えた。野間宏との付き合いは、彼女が津田塾の学生だった時代まで遡る。一六歳の頃から小説を書き始めたというみな子は、大学に入学して間もなく、友人の紹介で野間の自宅を訪問し、以後、卒業するまでに何度も自分の原稿を持って訪ねたという。津田塾時代の文学の師とも言える存在である。また、小島信夫との親交も長く、彼の死の直前に発表された「風紋」（「群像」平一八・一〇）は、〈ラブレター〉と言われるほどに、彼に対する好意をストレートに表現している。

「V　少女時代の回想」では、大庭文学のバックボーンを確認できる。彼女は、自身の子供時代や家族との関わりなどについての随筆を多く残している。それらを語ることは、彼女にとっては、受け継がれるいのちのつながりを確認する作業として、欠かせないものだった。

さらに、大庭文学を語るうえで忘れてならないのは、彼女の原爆体験だ。昭和一九（一九四四）年、海軍軍医だった父の転勤のために広島に移住したみな子は学徒動員され、爆心地から三〇キロほどの学校工場で八月六日に広島に広がったきのこ雲を目撃した。そして、終戦後に二週間ほど、学徒救援隊として広島市内の救護所に動員され働いた。「地獄の配膳」に語られる壮絶な体験である。

津田塾時代の文芸部会誌「創造」（昭二八）に発表した小説『痣（あざ）』（「群像」平二〇・三再掲）はこの体験を下敷きに書かれ、彼女の文学活動の原点がそこにあることを物語っている。また、みな子はこの原爆の記憶から生まれた小説『浦島草』（講談社、昭五二・三）を、自身の代表作であると終生言い続けたという。彼女には「あらゆる種類のヒロシマの証人は、その記憶を語り伝えるべきだ」（「プロメテウスの犯罪」『日本人の一〇〇年15太平洋戦争』世界文化社、昭四八・四）という信念があった。自然の摂理を曲げて押し通された人間の欲望が、いのちのつながりを一瞬にして断絶してしまう決定的な出来事を体験した彼女だからこそ、自然の摂理としてのいのちのつながりを切望し、〈共生〉を志向したのだろう。

平成八（一九九六）年にみな子は倒れて半身不随の身となり、以後、夫の献身的な介護を受けた。この晩年を夫婦は「蜜月」と表現する。この「蜜月」の果てに、みな子は「何よりも先ず最期まで共に生きられるパートナーを探しなさい、それから世界のことを考えなさい」（「共に生きる」）という言葉を遺言とした。つながりの中で〈共生〉すること、その哀しみも喜びも余すことなく享受することで、豊かな大庭文学が形成されたのだ。

―略年譜　宇野千代―

一八九七年（明治三十年）
十一月二十八日、山口県玖珂郡横山村（現・岩国市）に生まれる。宇野家は代々酒醸造業を営んでいた。生母・トモは九九年に病没。翌年、継母リュウを迎える。
一九〇四年（明治三十七年）　七歳
四月、岩国尋常小学校入学。成績優秀であった。
一九一〇年（明治四十三年）　十三歳
四月、岩国高等女学校に入学。
一九一三年（大正二年）　十六歳
二月、父・俊次が病没。
一九一四年（大正三年）　十七歳
三月、女学校を卒業し、小学校の代用教員となるが、翌年、退職。
一九一七年（大正六年）　二十歳
従兄・藤村忠が東京帝国大学に進学したので、千代も上京する。
一九一九年（大正八年）　二十二歳
八月、藤村忠と結婚（二四年に離婚）。翌年、忠の任地の札幌に行く。二一年一月、「時事新報」の懸賞に応募した短篇「脂粉の顔」が一等当選する。
一九二二年（大正十一年）　二十五歳
四月、札幌から上京。「中央公論」に「墓を発く」が掲載され、作家活動を開始する。尾崎士郎に出会う（二六年に結婚）。
一九二三年（大正十二年）　二十六歳
尾崎と東京府荏原郡馬込町に移る。
一九二七年（昭和二年）　三十歳
川端康成に誘われて訪れた伊豆湯ケ島で三好達治、梶井基次郎らと知り合う。
一九二九年（昭和四年）　三十二歳

東郷青児と出会い、同棲をはじめる。翌年八月、尾崎士郎と離婚。
一九三三年（昭和八年）　三十六歳
九月、「中央公論」で「色ざんげ」の連載がはじまる（三五年三月まで）。翌年、東郷青児と別れる。
一九三六年（昭和十一年）　三十九歳
六月、スタイル社を創立、日本初のファッション誌「スタイル」創刊。
一九三九年（昭和十四年）　四十二歳
四月、北原武夫と結婚（六四年九月に離婚）。
一九四三年（昭和十八年）　四十六歳
二月、『人形師天狗屋久吉』（文體社）刊行。
一九四六年（昭和二十一年）　四十九歳
戦時中に解散したスタイル社を再建、「スタイル」復刊。おおいに売れる。しかしスタイル社は五九年に多額の負債をかかえて倒産する。
一九五七年（昭和三十二年）　六十歳
六月、『おはん』（中央公論社）刊行。同作により第五回野間文芸賞、第九回女流文学者賞を受賞。
一九七二年（昭和四十七年）　七十五歳
四月、『私の文学的回想記』（中央公論社）刊行。
一九七七年（昭和五十二年）　八十歳
七月、『宇野千代全集』（中央公論社）刊行開始（全十二巻。翌年六月完結）。
一九八二年（昭和五十七年）　八十五歳
十月、第三十回菊池寛賞を受賞。
一九八三年（昭和五十八年）　八十六歳
八月、『生きて行く私』（毎日新聞社）刊行。大ベストセラーとなる。
一九九六年（平成八年）
六月十日、没。享年九十八。

＊大塚豊子氏編の年譜、『宇野千代　女の一生』（新潮社）所収の年譜を参考にさせていただきました。

――略年譜　大庭みな子――

一九三〇年（昭和五年）
十一月十一日、東京府豊多摩郡千駄ヶ谷町（現・渋谷区）に生まれる。本名・美奈子。父・椎名三郎は海軍医官であったので、転任のたびに各地に移り住んだ。
一九三七年（昭和十二年）　七歳
広島県呉市二河小学校に入学。童話に親しみアンデルセンから強い影響を受ける。
一九四一年（昭和十六年）　十一歳
母・睦子の実家がある新潟県北蒲原郡木崎村に一時寄寓する。ユーゴーを読み、作家になる決心をする。
一九四五年（昭和二十年）　十五歳
広島県西条市で終戦を迎える。学徒動員されていた工場から原爆の「きのこ雲」を見る。八月十七日から二週間ほど、広島市に学徒救援隊として動員され、生涯忘れ得ぬ惨状を目にする。
一九四七年（昭和二十二年）　十七歳
山口県立岩国高等女学校を卒業。この頃、王朝文学など日本の古典に熱中する。
一九四九年（昭和二十四年）　十九歳
四月、津田塾大学に入学。大庭利雄に出会う。佐多稲子、野間宏らの知遇を得る。大学時代に演劇に熱中し、チェーホフなどをむさぼり読む。詩作もはじめる。
一九五三年（昭和二十八年）　二十三歳
三月、大学を卒業し、高校と中学の講師をはじめるが体調をくずし、翌年には辞める。
一九五五年（昭和三十年）　二十五歳
十二月、大庭利雄と結婚。千葉に移る。
一九五六年（昭和三十一年）　二十六歳
九月、新潟で長女・優を出産。
一九五九年（昭和三十四年）　二十九歳
十月、利雄の赴任にともない、アラスカに移住。以後、十一年間滞米。この間、州の教員免許を取得する。
一九六二年（昭和三十七年）　三十二歳

ウィスコンシン州立大学大学院美術科に一年間籍をおく。
一九六七年（昭和四十二年）　三十七歳
「三匹の蟹」を「群像」に送る。
一九六八年（昭和四十三年）　三十八歳
四月、「三匹の蟹」が第十一回群像新人賞受賞。七月、同作で第五十九回芥川賞受賞。
一九七〇年（昭和四十五年）　四十歳
三月、娘とともに帰国。
一九七三年（昭和四十八年）　四十三歳
八月、エッセイ集『野草の夢』（講談社）刊行。
一九七五年（昭和五十年）　四十五歳
二月、『がらくた博物館』（文藝春秋）刊行。九月、同作で第十四回女流文学賞受賞。
一九七七年（昭和五十二年）　四十七歳
三月、『浦島草』（講談社）刊行。
一九八二年（昭和五十七年）　五十二歳
六月、『寂兮寥兮』（河出書房新社）刊行。十月、同作で第十八回谷崎潤一郎賞受賞。
一九八七年（昭和六十二年）　五十七歳
七月、河野多惠子とともに女性としてはじめて芥川賞選考委員となる（九七年まで）。
一九九六年（平成八年）　六十六歳
七月、小脳出血で倒れ、九月、脳梗塞を併発し左半身麻痺となる。以後、夫の介護を受けながらリハビリに努め、口述筆記で著述を続け、『楽しみの日々』（九九年九月、講談社）などを刊行する。
二〇〇七年（平成十九年）
五月二十四日、多臓器不全で死去。享年七十六。

＊『大庭みな子全集第十巻』（講談社）所収の年譜、江種満子氏、与那覇惠子氏作成の年譜を参考にさせていただきました。

本書の底本として左記の全集、単行本、文庫を使用しました。ただし適宜ルビをふり、明らかな誤記では訂正した箇所もあります。なお、本書には今日の社会的規範に照らせば差別的表現ととられかねない箇所がありますが、作品の書かれた時代また著者が故人であることに鑑み、原文のままとしました。

宇野千代

模倣の天才（『女の日記』講談社文芸文庫　一九九一年八月刊）

よよと泣かない（『女の日記』）

もしあのとき（『女の日記』）

二つの川端さん（『女の日記』）

男性と女性（『女の日記』）

『私の文学的回想記』より（『百歳ゆきゆきて』世界文化社　二〇〇二年三月刊）

天上の花の三好さん（『女の日記』）

女としての「妄想」（『女の日記』）

『生きて行く私』より（『生きて行く私』角川文庫　一九九六年二月刊）

私の小説作法（『女の日記』）

小説のこしらえ方（『百歳ゆきゆきて』）

私の特技（『女の日記』）

信じる（『人生のエッセイ①　宇野千代　何でも一度してみること』日本図書センター　二〇〇〇年一月刊）

手押し車（『女の日記』）
花咲婆さんになりたい（『生きて行く私』）
最短距離に縮めて（『普段着の生きて行く私』集英社文庫　一九九〇年八月刊）
まだ恋愛をするか（『普段着の生きて行く私』）
結婚生活には愛情の交通整理が必要である（『行動することが生きることである』集英社文庫　一九九三年十月刊）
風もなく散る木の葉のように（『百歳ゆきゆきて』）

大庭みな子
幸福な夫婦（『大庭みな子全集　第18巻』日本経済新聞出版社　二〇一〇年十月刊）
男と女（『大庭みな子全集　第18巻』）
ぼやき（『大庭みな子全集　第18巻』）
孫悟空（『大庭みな子全集　第18巻』）
青い鳥（『大庭みな子全集　第18巻』）
母性愛（『大庭みな子全集　第18巻』）
言葉の呪縛（『大庭みな子全集　第6巻』日本経済新聞出版社　二〇〇九年十月刊）
子供以外の場を持つすすめ（『大庭みな子全集　第18巻』）
草むしり（『大庭みな子全集　第11巻』日本経済新聞出版社　二〇一〇年三月刊）
甦るもの（『大庭みな子全集　第18巻』）
生命の不思議（『大庭みな子全集　第3巻』日本経済新聞出版社　二〇〇九年七月刊）

思い出すままに（『大庭みな子全集　第8巻』日本経済新聞出版社　二〇〇九年十二月刊）
つながり合うもの（『大庭みな子全集　第8巻』）
創作（『大庭みな子全集　第十巻』講談社　一九九一年九月刊／『虹の橋づめ』朝日新聞社　一九八九年五月刊）
ある夕ぐれ――川端康成（『大庭みな子全集　第3巻』）
こんな感じ――水上勉（『大庭みな子全集　第8巻』／『夢を釣る』講談社　一九八三年一月刊）
連続する発見――小島信夫著「作家遍歴」を読んで――（『大庭みな子全集　第8巻』）
長い思い出――谷崎潤一郎（『大庭みな子全集　第8巻』）
面影――円地文子（『大庭みな子全集　第十巻』）
壮烈な闘い――野間宏（『大庭みな子全集　第十巻』）
母の死（『大庭みな子全集　第3巻』）
地獄の配膳（『大庭みな子全集　第3巻』）
ある成仏（『大庭みな子全集　第6巻』）
とらわれない男と女の関係（『大庭みな子全集　第8巻』）
わたしの子どもだったころ〈遊園地〉（『大庭みな子全集　第8巻』）
その小径（『大庭みな子全集　第11巻』）
遠い山をみる眼つき（『大庭みな子全集　第18巻』）
共に生きる（『大庭みな子全集　第18巻』）

単行本『精選女性随筆集　第六巻　宇野千代　大庭みな子』
二〇一二年六月　文藝春秋刊（文庫化にあたり改題）

装画・本文カット
神坂雪佳・古谷紅麟 編『新美術海』、
神坂雪佳『蝶千種・海路』（芸艸堂）より
本文デザイン　大久保明子
DTP制作　ローヤル企画

文春文庫

精選女性随筆集　宇野千代　大庭みな子

定価はカバーに表示してあります

2024年2月10日　第1刷

著　者　宇野千代　大庭みな子
編　者　小池真理子
発行者　大沼貴之
発行所　株式会社 文藝春秋

東京都千代田区紀尾井町 3-23　〒102-8008
TEL 03・3265・1211㈹
文藝春秋ホームページ　http://www.bunshun.co.jp

落丁、乱丁本は、お手数ですが小社製作部宛お送り下さい。送料小社負担でお取替致します。

印刷製本・TOPPAN

Printed in Japan
ISBN978-4-16-792177-4

（　）内は解説者。品切の節はご容赦下さい。

安西水丸
ちいさな城下町
有名無名を問わず、水丸さんが惹かれてやまなかった村上市・行田市・中津市・高梁市など二十一の城下町。歴史的事件や人物の逸話、四コマ漫画も読んで楽しい旅エッセイ。（松平定知）
あ-73-1

赤塚隆二
清張鉄道1万3500キロ
「点と線」「ゼロの焦点」などの松本清張作品を「乗り鉄」の視点で徹底研究。作中の誰が、どの路線に最初に乗ったのかという「初乗り」から昭和の日本が見えてくる。（酒井順子）
あ-89-1

井上ひさし
ボローニャ紀行
文化による都市再生のモデルとして名高いイタリアの小都市ボローニャ。街を訪れた著者は、人々が力を合わせ理想を追う姿を見つめ、思索を深める。豊かな文明論的エセー。（小森陽一）
い-3-29

池波正太郎
夜明けのブランデー
映画や演劇、万年筆に帽子、食べもの日記や酒のこと。週刊文春に連載されたショート・エッセイを著者直筆の絵とともに楽しめる穏やかな老熟の日々が綴られた池波版絵日記。（池内　紀）
い-4-90

池波正太郎
ル・パスタン
人生の味わいは「暇」にある。可愛がってくれた曾祖母、「万惣」のホットケーキ、フランスの村へジャン・ルノアールの墓参り。「心の杖」を画と文で描く晩年の名エッセイ。（彭　理恵）
い-4-136

伊集院　静
文字に美はありや。
文字に美しい、美しくないということが本当にあるのか。〝書聖〟王羲之に始まり、戦国武将や幕末の偉人、作家や芸人ら有名人から書道ロボットまで、歴代の名筆をたどり考察する。
い-26-26

伊藤比呂美
切腹考　鷗外先生とわたし
前夫と別れ熊本から渡米し、イギリス人の夫を看取るまで。生きる死ぬるの仏教の世界に身を浸し、生を曝してきた詩人が鷗外を道連れに編む、無常の世を生きるための文学。（姜　信子）
い-99-2

（　）内は解説者。品切の節はご容赦下さい。

姉・米原万里
井上ユリ

プラハのソビエト学校で少女時代を共に過ごした三歳下の妹が、食べものの記憶を通して綴る姉の思い出。初めて明かされる名エッセイの舞台裏。初公開の秘蔵写真多数掲載。（福岡伸一）

い-104-1

おひとりさまの老後
上野千鶴子

結婚していてもしてなくても、最後は必ずひとりになる。でも、智恵と工夫さえあれば、老後のひとり暮らしは怖くない。80万部のベストセラー、待望の文庫化！（角田光代）

う-28-1

ひとりの午後に
上野千鶴子

世間知らずだった子供時代、孤独を抱えて生きていた十代のころ……。著者の知られざる生い立ちや内面を、抑制された筆致で綴ったエッセイ集。（伊藤比呂美）

う-28-3

ジーノの家
イタリア10景
内田洋子

イタリア人は人間の見本かもしれない——在イタリア三十年の著者が目にしたかの国の魅力溢れる人間達。忘れえぬ出会いや情景をこの上ない端正な文章で描ききるエッセイ。（松田哲夫）

う-30-1

ロベルトからの手紙
内田洋子

俳優の夫との思い出を守り続ける老女、弟を想う働き者の姉たち、無職で引きこもりの息子を案じる母——イタリアの様々な家族の形とほろ苦い人生を端正に描く随筆集。（平松洋子）

う-30-2

生き上手　死に上手
遠藤周作

死ぬ時は死ぬがよし……だれもがこんな境地で死を迎えたい。でも死はひたすら恐い。だからこそ死に稽古が必要になる。周作先生が自らの失敗談を交えて贈る人生セミナー。（矢代静一）

え-1-12

やわらかなレタス
江國香織

ひとつの言葉から広がる無限のイメージ——。江國さんの手にかかると、日々のささいな出来事さえも、キラキラ輝いて見えだします。読者を不思議な世界にいざなう、待望のエッセイ集。

え-10-3

（　）内は解説者。品切の節はご容赦下さい。

小川洋子
とにかく散歩いたしましょう
ハダカデバネズミとの心躍る対面、同郷のフィギュアスケーターの演技を見て流す涙、そして永眠した愛犬ラブと暮らした日々。創作の源泉を明かす珠玉のエッセイ46篇。（津村記久子）
お-17-4

岡田光世
ニューヨークのとけない魔法
東京とニューヨーク。同じ大都会の孤独でもこんなに違う。お節介で、図々しくて、孤独な人たち。でもどうしようもなく惹きつけられてしまうニューヨークの魔法とは？（立花珠樹）
お-41-1

大宮エリー
生きるコント
毎日、真面目に生きているつもりなのに……なぜか、すべてがコントになってしまう人生。作家・大宮エリーのデビュー作となった、大笑いのあとほろりとくる悲喜劇エッセイ。（片桐　仁）
お-51-1

大宮エリー
生きるコント2
笑ったり泣いたり水浸しになったり。何をしでかすか分からない〝嵐を呼ぶ女〟大宮エリーのコントのような爆笑エッセイ集、第2弾。読むとラクになれます。（松尾スズキ）
お-51-2

尾崎世界観
苦汁100%
濃縮還元
初小説が文壇を驚愕させた尾崎世界観の日常と非日常。文庫化に際し、クリープハイプ結成10周年ライブがコロナ禍で中止になった最中の最新日記を大幅加筆。苦味と旨味が増してます！
お-76-2

尾崎世界観
苦汁200%
ストロング
尾崎世界観の赤裸々日記、絶頂の第2弾。文庫化にあたり「芥川賞候補ウッキウ記」2万字書き下ろし。「情熱大陸」に密着され、『母影』が芥川賞にノミネートされた怒濤の日を加筆。
お-76-3

（　）内は解説者。品切の節はご容赦下さい。

岡田　育
ハジの多い人生

痴漢だらけの満員電車で女子校へ通った九〇年代、メガネ男子や献血、自らの大足が気になり、三十路でタカラヅカに開眼。世界の端でつぶやく著者会心のデビュー作。（宇垣美里）

お-78-1

大竹英洋
そして、ぼくは旅に出た。
はじまりの森 ノースウッズ

オオカミの夢を見た著者は、ある写真集と出会い単身で渡米する。読む人に深い感動と気付きをもたらす、人生の羅針盤となりうる一冊。梅棹忠夫・山と探検文学賞受賞作。（松家仁之）

お-80-1

開高　健
私の釣魚大全

まずミミズを掘ることからはじまり、メコン川でカチョックという変な魚を一尾釣ることに至る国際的な釣りのはなしと、井伏鱒二氏が鱒を釣る話など、楽しさあふれる極上エッセイ。

か-1-2

角田光代
なんでわざわざ中年体育

中年たちは皆、運動を始める。フルマラソンに山登り、ボルダリング、アウトドアヨガ。インドア派を自認する人気作家が果敢に様々なスポーツに挑戦した爆笑と共感の傑作エッセイ。

か-32-16

加納朋子
無菌病棟より愛をこめて

愛してくれる人がいるから、なるべく死なないように頑張ろう。急性白血病の告知を受け仕事も家族も放り出しての緊急入院、抗癌剤治療、骨髄移植——人気作家が綴る涙と笑いの闘病記。

か-33-5

川上未映子
きみは赤ちゃん

35歳で初めての出産。それは試練の連続だった！　芥川賞作家の鋭い観察眼で「妊娠・出産・育児」という大事業の現実を率直に描き、多くの涙と共感を呼んだベストセラー異色エッセイ。

か-51-4

河野裕子・永田和宏
たとへば君（きみ）
四十年の恋歌

乳がんで亡くなった歌人の河野裕子さん。大学時代の出会いから、結婚、子育て、発病、そして死。先立つ妻と見守り続けた夫。交わした愛の歌380首とエッセイ。（川本三郎）

か-64-1

角幡唯介
探検家の憂鬱
チベットから富士山、北極……。「生のぎりぎりの淵をのぞき見ても、もっと行けたんじゃないかと思ってしまう」探検家・角幡唯介にとって、生きるとは何か。孤高のエッセイ集。
か-67-1

黒柳徹子
チャックより愛をこめて
長い休みも海外生活も一人暮らしも何もかもが初めての経験。NY留学の1年を喜怒哀楽いっぱいに描いた初エッセイが新装版に。インスタグラムで話題となった当時の写真も多数収録。
く-2-3

高橋順子
夫・車谷長吉
直木賞受賞作『赤目四十八瀧心中未遂』で知られる異色の私小説作家の求愛を受け容れ、最後まで妻として支え抜いた詩人が回想する桁外れな夫婦の姿。講談社エッセイ賞受賞。（角田光代）
く-19-50

小林秀雄
考えるヒント
常識、漫画、良心、歴史、役者、ヒットラーと悪魔、平家物語などの項目を収めた「考えるヒント」に随想「四季」を加え、「ソヴェットの旅」を付した明快達意の随筆集。（江藤　淳）
こ-1-8

小林秀雄
考えるヒント2
忠臣蔵、学問、考えるという事、ヒューマニズム、還暦、哲学、天命を知るとは、歴史、など十二篇に「常識について」を併載して、いま改めて考えることの愉悦を教える。（江藤　淳）
こ-1-9

小林秀雄
考えるヒント3
「知の巨人」の思索の到達点を示すシリーズの第三弾。柳田民俗学の意義を正確に読み解き、現代知識人の盲点を鋭くついた歴史的名講演「信ずることと知ること」ほかの講演を収録する。
こ-1-10

小林信彦
生還
自宅で脳梗塞を起こした、八十四歳の私。入院・転院・リハビリ・帰宅・骨折・再入院を繰り返す私は本当に治癒していくのか？人生でもっとも死に近づいた日々を記した執念の闘病記。
こ-6-39

（　）内は解説者。品切の節はご容赦下さい。

佐藤愛子
我が老後
妊娠中の娘から二羽のインコを預かったのが受難の始まり。さらに仔犬、孫の面倒まで押しつけられ、平穏な生活はぶちこわし。ああ、我が老後は日々これ闘いなのだ。痛快抱腹エッセイ。
さ-18-2

佐藤愛子
冥途のお客
岐阜の幽霊住宅で江原啓之氏が見たもの、狐霊憑依事件、金縛り体験記、霊能者の優劣……。「この世よりもあの世の友が多くなってしまった」著者の、怖くて切ない霊との交遊録、第二弾。
さ-18-13

酒井順子
無恥の恥
「恥ずかしがり屋の日本人」はどこに消えた？　古来「恥の文化」を生きてきた日本人。SNS上で「自慢したい！」欲望が溢れ出した。文庫化記念に小林聡美さんとの抱腹絶倒対談を収録。
さ-29-9

堺　雅人
文・堺雅人
大きな話題を呼んだ、演技派俳優の初エッセイ。文庫版では蔵出しインタビュー&写真、作家・宮尾登美子さんとの「篤姫」対談や、作品年表も収録。役者の「頭の中」っておもしろい。
さ-60-1

司馬遼太郎
余話として
竜馬の「許婚者」の墓に刻まれた言葉、西郷さんの本当の名前——。歴史の大家がふとした時に漏らしたこぼれ話や、名作の舞台裏をまとめた、壮大で愉快なエッセイ集。（白川浩司）
し-1-139

東海林さだお
ガン入院オロオロ日記
「ガンですね」医師に突然告げられガーンとなったショージ君。病院食・ヨレヨレパジャマ・点滴のガラガラ。四十日の入院生活が始まった！　他、ミリメシ、肉フェスなど。（池内　紀）
し-6-93

東海林さだお
ざんねんな食べ物事典
食べ物に漂う〝ざんねん〟を鋭く見抜いて検証する表題作から、誰も研究しなかった「ラーメン行動学」、インスタントラーメン60年史まで。爆笑必至のエッセイ集。
し-6-97

（　）内は解説者。品切の節はご容赦下さい。

塩野七生
男の肖像
ペリクレス、アレクサンダー大王、カエサル、北条時宗、織田信長、ナポレオン、西郷隆盛、チャーチル……歴史を動かした不世出の英雄たちに、いま学ぶべきこととは？　（楠木　建）
し-24-4

塩野七生
男たちへ
フツウの男をフツウでない男にするための54章
男の色気はうなじに出る、薄毛も肥満も終わりにあらず。成功する男の4つの条件、上手に老いる10の戦術など、本当の大人になるための、喝とユーモアに溢れた指南書。　（開沼　博）
し-24-5

塩野七生
再び男たちへ
フツウであることに満足できなくなった男のための63章
内憂外患の現代日本。人材は枯渇したのか、政治改革はなぜ成功しないのか、いま求められる指導者とは？　身近な話題から国際問題まで、日本の「大人たち」へ贈る警世の書。　（中野　翠）
し-24-6

ジェーン・スー
女の甲冑、着たり脱いだり毎日が戦なり。
「都会で働く大人の女」でありたい！　そのために、今日も心と体を武装する。ややこしき自意識と世間の目に翻弄されながら、日々を果敢かつ不毛に戦うエッセイ集。　（中野信子）
し-66-1

新保信長
字が汚い！
自分の字の汚さに今更ながら愕然とした著者が古今東西の悪筆を調べまくった世界初、ヘタ字をめぐる右往左往ルポ！　果たして、50年以上ヘタだった字は上手くなるのか？　（北尾トロ）
し-68-1

須賀敦子
コルシア書店の仲間たち
ミラノで理想の共同体を夢みて設立されたコルシア書店に仲間として迎えられた著者。そこに出入りする友人たち、貴族の世界などを、深くやわらかい筆致で描いた名作エッセイ。（松山　巖）
す-8-1

須賀敦子
ヴェネツィアの宿
父や母、人生の途上に現れては消えた人々が織りなす様々なドラマ。「ヴェネツィアの宿」「夏のおわり」「寄宿学校」「カティアが歩いた道」等、最も美しい文章で綴られた十二篇。　（関川夏央）
す-8-2